良宸吉嫁 1

葉沫沫 著

風文創 805

目錄

序

葉沫沫

和許多流行小說一樣，這篇小說的女主角也是重生者，重生後，獲得了自己的幸福，不過在角色的自我認知上，卻又有許多不一樣。

這篇小說的女主上輩子是失敗的，乍看之下是她的繼母對她不好，她的繼妹也處處針對她，如同一般小說套路，繼母和繼妹這兩個配角是惡毒的。

但是，一個人之所以過了失敗的一生，真的只因為配角的惡毒嗎？人活在世上，總是會遇到一、兩個那樣的「極品」，然而，自己的人生也不應被他們左右，該是掌握在自己手中。

女主角凝洛上輩子雖然過得很慘，但這輩子活過來，她才開始意識到，自己的失敗不只因為他人不好，更因為自己不夠好。你只要內心夠強大，何必怕什麼配角，怕別人的極品和惡毒？

一個人唯有強大起來，才能為自己的人生做主，披荊斬棘，得到屬於自己的幸福。正如文中所描述，女主重活一世能翻轉命運，是因為她擁有了面對世界的勇氣。

閱讀這篇文章，你將看見女主角如何從懦弱走向強大，從滿腹仇恨到釋然面對一切，從不爭不搶走到為自己籌謀，從傷心欲絕到積極爭取自己的幸福，最終將自己的人生歷程活得精彩。

楔子

有光從水面穿透下來，隨著河水一漾一漾的，莫名讓人覺得平靜柔和。

凝洛只覺身體輕盈起來，再不受那河水的束縛，輕飄飄地就躍出水面甚至飄浮在半空中。她下意識地低頭，只見一個女子從河水中慢慢浮上來，最後背對著她漂在河面上。

那女子的髮髻已經被河水沖得散亂，像一叢水草在河中擺動。鵝黃色的衣裙方才緊緊纏繞著她，現在大抵是進入了空氣，在後背處微微鼓起一塊。

凝洛在空中慘然一笑，她以為她掙脫的是河水，不想竟是自己的軀殼！

是了，她已經死了，被幾個骯髒男子追著，不得已跳進河裡死了。

凝洛想到落水之前的事，看向河邊卻發現已經空無一人，除了岸邊雜亂的腳印，除了水面上漂著的自己，什麼也沒有留下。

那些骯髒男人，他們把自己給逼死了，跑了。

凝洛好像被什麼牽引著一般飄向前去，卻意外在城外的官道旁看見一小撮人。

正是方才在她身後緊追不捨的那夥強盜，如今正圍成一個小圈，圈中心是個丫鬟模樣的女子，正是陸府下人的裝扮。

那丫鬟拿了幾錠銀子遞給為首的強盜，又掃了眾人一眼，口中道：「嘴巴閉緊些！」說完便從裡面鑽出來，匆匆向城裡方向走去了。

凝洛認出了那個丫鬟，因陸宣的新婦帶了不少下人作陪嫁，她常帶在身邊的便有這位。

凝洛恍然明白，方才害死她的那幾個強盜便是那新婦派來的人！

竟是她，是她讓人害自己？

凝洛這麼想著的時候，一晃神，又出現在陸府。陸宣的新房中放眼望去仍是一片紅，那新婦卻坐在鋪著大紅錦緞褥子的床邊嚶嚶哭著。

「原想著有個妹妹作伴一起服侍你，誰想她年紀輕輕竟如此想不開！」那新婦用帕子遮著眼睛，聲音聽起來倒是悲愴。

陸宣嘆口氣，神情中是有悲傷的，但是抬頭看著眼前楚楚可憐的新娘子，不由憐惜起來。

凝洛在一旁瞧著，只見他將新婦攬在懷中，輕聲安慰道：「能有妳在她身後，為她鞠一把淚，她這輩子也值了！」

新婦柔弱地伏在陸宣肩頭，不再用帕子遮眼。凝洛總算看見她的一雙眼睛，似乎是帶著笑意眨了兩下，毫無淚痕。

陸宣擁著新婦又柔聲哄了幾句，手卻慢慢地移到新婦的領口，熟練地解起了盤扣。

「別哭了，讓我心疼呢！」

凝洛飄出了房間，陸宣的那些甜言蜜語，想來又要對著另一個人說一遍了。

他說過要娶她，在她盈著淚不知何去何從的時候，在二人濃情密意的時候，甚至在他已經決意娶別人的時候。

他向她許下那樣多的諾言，要下什麼聘禮、為她佈置什麼樣的洞房，她全都信了，甚至包括此生只娶她一人的誓言。

聽聞陸宣的哥哥在朝中位高權重，是以陸宣才會做出這種欺男霸女之事吧？當初的她是何其可笑，怎麼就認了呢？

凝洛只覺飄飄蕩蕩，也不知自己僅剩的這縷魂魄會飄向何方。當風吹起來時，她就隨著風在人世間飄蕩。

她看到有些人家添丁進口，看到有那白髮人送黑髮人，也看有些男女濃情密意，看那年輕女孩羞澀地望向旁邊的男子，看那天真的孩童在田野裡扯起風箏……

日復一日，年復一年，她看到太多的人世間滄桑，也看盡了悲歡離合，慢慢的，曾經的仇怨、曾經的不甘就這麼淡了。

她回憶自己生前的一切，甚至覺得那就是一幅畫、一本書，一切都已經凝結成了秋日裡晨間的霜，想起來時，涼涼淡淡的。

陸宣，誰是陸宣？那不過是記憶裡的一抹影子罷了。

這一日，也不知道哪裡來的一陣東風，將她吹起，隨著那風中的蒲公英一起飄向遠方，來到了一處杳無人煙的荒野中。

這裡有一座孤墳。不大的土丘顯得寒酸，沒有石碑，只在墳前堆了幾塊碎石，依稀還有些紙錢的灰燼。

凝洛看著那孤墳，冥冥中竟然意識到，那孤墳裡便是自己的屍身。

原來她死了之後，這世上還有人將她記掛於心，還能在她死後為她上炷香？

凝洛看著那挺拔的背影卻覺得眼生，饒是知道對方看不見自己，也仍是小心地飄到了一旁，遠遠地看著。

那男人兩鬢染霜，形貌不凡，神色間透著威嚴，顯見是位高權重之人，他手中一把香正燃著，他彎腰將香插好又直起身來，微低了頭看著香煙繚繞。

凝洛不記得生前見過此人，卻從對方不凡的衣著和略眼熟的眉眼之間，認出是陸宣的哥哥。

凝洛與陸宣的哥哥並不相熟，以前只依稀見過那麼一次，那是武將，當時看到覺得怕，便躲著了，如今不承想，他竟然能為自己上一炷香，燒一捧紙錢。

正看著時，忽聽得那男子口中道：「凝洛……」

這一聲呼喚，竟若午夜夢迴時的嗟嘆，令凝洛一怔，軟軟的暖意襲入心中。

這種感覺太奇怪了，她從未有過。這麼多年月，她飄蕩在人世間，從未有過這種感覺。

她待要抬頭，細看下那陸宣的兄長時，卻只覺像被無形的力量拉扯著，就此沈入了黑暗之中。

第一章　立威

不知道過了多久，凝洛在一陣灑掃的聲音中醒來，她盯著空中淡青色的床幔出了好一會兒神。

難不成自己這是又投胎做人了？可那帳子看起來也未免太過熟悉些……

還未來得及細想，雙頰上只覺搔癢難耐，正欲伸手去撓卻在指尖接觸到臉頰時猛地愣住了。

臉頰上似乎有好多痂，痂下癢得人心都亂了。心煩意亂中，凝洛卻強迫自己不去關注身體上的異常，只伸手掀開床幔，光腳跑到銅鏡前。

一連串的動作完全是下意識的，她根本不用分辨方向，不用看房中的擺設，身體的記憶帶她繞開房中的繡凳，直接引領她到她想去的地方。

鏡中人臉上滿是水皰和結痂，幾乎看不出本來面目，可凝洛還是看到那張臉上未脫的稚氣。

那是十四歲的凝洛，剛剛因為出水痘而高燒了幾天。

凝洛猶疑著伸出手，銅鏡微涼的觸感從指尖傳來引起她心中的一陣悸動。

她真的回來了，而且，回到一切尚未發生的時候……

窗外卻傳來一聲輕笑，而後一個略帶譏諷的聲音傳來。「這人縱然是天仙的樣貌也禁不起一臉的痂，看到那樣一張臉，總讓我想到小時候在爛泥地裡見過的癩蛤蟆！」說完，那小丫鬟似是真看到一隻癩蛤蟆在自己面前一樣「咯咯」笑起來。

又有另一人的聲音傳來，先是「噓」了一聲，然後壓低聲音道：「仔細讓人聽了去！」

先前那個卻是不屑地嗤笑一聲。「如今這邊的境況誰還不躲著？便是廚房來傳飯的人都不敢近咱們院門，遠遠地喊一聲抬腳便走，不知道的還以為屋裡那位得了瘟疫呢！」

凝洛才感覺到腳底蔓延上來的涼意，低頭看了一眼，腳背上也零星幾個紅疹，襯得那雙柔嫩的腳更加白皙了。

凝洛緩緩走回床邊坐下，窗外的聲音言猶在耳。「……合該咱們命苦，攤上這麼一位……」

「誰在外面說話？」凝洛沈聲說道：「進屋來！」

窗外的動靜一滯，然後有腳步聲匆匆響起來，很快兩名丫鬟就出現在門口，凝洛看她們停了一停又對視了一眼，才低頭慢慢走進來。

凝洛沈默地看著她們，前世此時的自己聽了那丫鬟的話，心中只覺羞憤，照過鏡子確實覺得無法見人，兀自伏在枕上哭了一通，卻毫無辦法。

「小姐，」白露受不了這沈默等待的氣氛，忍不住抬頭開了口。「您是有什麼吩咐嗎？沒有的話，我和小滿就出去忙了，外面還有好多活計呢！」語氣中竟有了責怪的意味。

凝洛看向她，也沒漏掉旁邊那個丫鬟的小動作，她正慌張地看了凝洛一眼，然後輕輕地扯了一下白露的衣袖。

白露倒是無所畏懼地回視凝洛，方才便是她在窗外說個不停，雖然疑心被凝洛聽了去，可這位大小姐素來息事寧人，想來也是無妨的。

凝洛看著面前的小丫鬟似帶了幾分挑釁的意味與她對視，不由淡淡地挑了挑眉，命道：「去外面廊下跪著！」

聲音雖然輕，但那言語中透著一股堅定的不容置疑，彷彿她說的話就是應該被執行，她說的就是天地間的真理。

白露一愣，卻是下意識地問道：「奴婢有什麼錯？」

「妳是在問我？」凝洛反問。

她這一反問，白露頓時覺得自己錯了，大錯特錯，怎麼可以問出這麼荒謬的話來。

小滿不敢抬頭，卻忍不住再次伸手拉了拉白露的衣袖。

「去跪著吧！」凝洛淡淡地道：「什麼時候想明白了，什麼時候再起來！」聲音依然極輕，可是蘊含著讓人無法反抗的力量。

白露呆了半晌，垂下眼簾。隱約覺得，眼前的姑娘變了，好像變了一個人，變得讓她忍不住服從。

白露仰臉望著凝洛，心裡驚起萬般疑惑，不過到底是忍下了。

她平時是張揚膽大的人，並不懼怕這個小姐，但是此時想到自己的身分，想到凝洛那種明明輕淡卻讓人無法拒絕的氣場，她還是低下頭，屈了屈膝。「奴婢領命。」說完，便低頭走向門外。

小滿原想為她求情，此時卻也有些怕了。小姐跟變了一個人一樣，讓她不敢言語，最後到底將話嚥回肚子裡了。

白露剛出門不久，就聽院中有人驚呼道：「白露，妳怎麼跪在這裡？」

凝洛素來知道自己房裡是沒什麼規矩的，便淡淡地吩咐道：「出去告訴這個院裡的人，誰再大聲喧嚷，也一併去跪著！」

小滿本就因為房中剩她一人而忐忑，如今得了凝洛的話竟如蒙大赦一般，忙一面點頭應著，一面匆匆走出去了。

白露跪得筆直，廊下已經站了幾個丫鬟小廝，正圍著她。

小滿擠進去，看見臉上正一陣白一陣紅的白露，才低聲向眾人道：「都散了吧，待會兒小姐知道會生氣的。」

丫鬟們正欲開口問詢，小滿慌得忙豎起食指「噓」了一聲，又有些後怕地看了一眼門口，這才低聲將凝洛的吩咐告知眾人。

「大小姐……」有人疑惑地喃喃開口。「怎麼突然變得這樣凶了？」

明明平時萬事都隨她們，根本不管的！這小姐性子懦弱，平常院子裡哪有什麼規矩，還不是大家任意妄為？

白露一直跪著，也有幾個平素與她要好的人動起替她求情的心，只是實在摸不準大小姐現在的脾氣，一時也都不敢前往。

白露跪了一個時辰，早已不復先前的勁頭，莫說背挺不直了，連人都是跪坐的狀態了，若不是心裡還有根弦繃著，她早就癱下去了。

她有心向凝洛認錯服軟，可是又有點不敢。再說，她總覺得這位大小姐哪裡不一樣了，回想起之前看向她的眼神，她就有種無所遁形的感覺。

待到取飯的婆子將晚飯送到凝洛房中，白露才總算有了站起來的機會。

送飯的婆子自然也看見了廊下跪著的白露，幸災樂禍地一笑，便拎著食盒進屋去了。

平時她和白露素來是丁卯相對，誰也看不慣誰，這下子白露遭殃，她可是高興了！

「大小姐，吃飯了！」吳婆子將食盒往桌上一放，動作粗魯，嘴裡也沒個客氣。

凝洛並不言語，只是眼神從食盒上慢慢挪到吳婆子的臉上。

吳婆子被凝洛的眼神盯得心裡發毛，這位小姐近日不怎麼出門，莫說另幾個院裡的人都遠著，便是這小姐房裡的丫鬟們都躲著，連吃飯都沒人伺候。正胡亂想著，便有丫鬟上前打開食盒，將裡面的飯菜一樣樣端出來。

吳婆子正納悶時，又另有丫鬟扶著凝洛走到桌前，待凝洛坐好，布菜的小丫鬟已為凝洛碗中挾了幾箸菜。

凝洛卻不拿筷子，只用手背在白玉瓷碗外輕觸了一下。

吳婆子卻像被燙到般抖了一下，囁嚅道：「沒什麼事我……」

「這碗飯給婆子吃吧！」凝洛漠然望著吳婆子，淡淡地道。

她只是說了這麼一句，吳婆子心中便是一顫。面前明明不過是個十幾歲的小姑娘，可她竟莫名覺得有些怕了，甚至後背隱隱發寒。眼前的大小姐，渾身透著邪氣，讓人覺得怪怪的。

「這怎麼使得！」吳婆子慌忙中推辭敷衍。「我，我吃過了……」

「白露。」凝洛喚道。「進來服侍吳婆子用飯。」

依然是清清淡淡的語氣，聲量也不高，若是平時，根本不會有人在意這小姑娘輕輕說出的一句話。

可是如今，白露在廊下聽了只覺那聲呼喚猶如天籟，忙不迭地站了起來，又因雙腿的痠痛險些摔在那裡。

白露一面彎腰揉了揉劇痛的膝蓋，一面匆匆向房內走去，生怕再被凝洛挑出一絲怠慢。她跪怕了，害怕凝洛再那麼看著她，害怕凝洛再罰她，現在只想好好地當一個丫鬟。

她跪了這麼久，終於體悟到，今天的凝洛和往日不一樣，這並不是一個可以隨便欺負的人！

凝洛卻只是打量著桌上的飯菜，根本未曾看一眼慌忙而來、誠惶誠恐的白露。

她上輩子吃過這種飯菜，冷冷的、帶著異味，吃起來並不好受，但是上輩子的她很傻，就這麼忍了吃下，還不止吃了一次。

白露在廊下聽聞要她服侍吳婆子吃飯時，心中已有了思量，這婆子日日跟廚房的婆子勾結一處，每次取飯都要好久，回來時飯菜都涼透了，也著實該修理一番。

再加上她往日和吳婆子多有嫌隙，如今姑娘要收拾吳婆子，她正好當衝鋒的。

那吳婆子看白露真要伸手去拿那白玉瓷碗，忙哈著腰向凝洛笑道：「我一個下人，怎麼好吃姑娘的飯呢！」

凝洛拿起旁邊的一卷書正隨手翻著，彷彿根本沒把這吳婆子和白露看在眼裡，聽到這個，只是輕輕抬起眼來，淡淡地說了一個字。「吃。」

她說出的話，彷彿風吹過時桃樹上飄落的一瓣桃花，清靈軟糯，卻讓人絲毫不敢有任何懈怠。

屋中的幾個小丫鬟都眼觀鼻、鼻觀心地站著，誰也不敢喘一口氣，但凡有眼色的人都知道，這位大小姐變了，變得不一樣了。

她們不敢得罪了。

吳婆子見此，一時愣住，用不可思議的目光望著凝洛，無法理解到底發生了什麼。白露也將碗端了起來，想著這大小姐房中怕是要變天了，她是有些得意自己認清了形勢，但顯然吳婆子沒有。

她可以先充當大小姐的衝鋒兵，幫著大小姐衝鋒陷陣，這樣也好成為大小姐倚重的人。

而吳婆子，已經失了先機。

形勢比人強，吳婆子看看這架勢，突然明白了。

如今自己吃總比被人強餵要好些，這樣想著，吳婆子咬咬牙，從白露手中取過碗湊到嘴邊道：「不勞您伺候！」

那婆子往嘴裡扒了兩口飯，艱難地咀嚼了半天才嚥下。她如今也有些年紀，牙口不比從前，這涼硬的冷飯實在讓她難以下嚥。

想起自己今天還特意叮囑，多摻點雜糧，這樣還能省點錢，沒想到，最後這口飯落到自己嘴裡，想想都覺得憋屈，憋屈得胸口發疼！

偏偏這時，這屋裡除了凝洛還有好幾個小丫頭都在盯著。

吳婆子往常倚老賣老，沒少責罵院裡的丫鬟們，如今被她們一個個瞧著，只覺如芒在背，丟人至極，恨不得一頭撞死在那裡。

「大小姐，我吳婆子謝謝大小姐賞飯，只是……」吳婆子將碗拿離嘴邊，小心陪著笑，並觀察著凝洛的神色。「只是您如今正病著，可不能餓壞了身子！這飯菜我可以拿回去慢慢吃，眼下最要緊的是快去廚房給您取熱飯菜過來，這樣才不負您賞飯之恩呢！」

凝洛漫不經心地掃了吳婆子一眼，連聲都沒出一個。

吳婆子見了，心裡恨啊，又恨又絕望，無奈之下，只好硬著頭皮吃。

在場所有的丫鬟都看著，這個往日趾高氣昂、仗著年紀耀武揚威的吳婆子，就這麼被逼著吃那飯菜，心裡不免一個個都暗自偷笑起來。

解氣，真是解氣！

這大小姐，今日突然發威了，真是見都沒見過這種場面。

吳婆子吃得心裡想哭，吃得渾身難受，吃得肚子裡發冷，最後好不容易吃完了。她腳底發軟，拜了拜，總算得到凝洛點頭允許離開了，當下如蒙大赦，趕緊跑了。

吳婆子離開後，白露立在原地，忐忑不安地看著凝洛，不管如何，她都得從凝洛口中聽到一句才算踏實。

她看出凝洛和以前不太一樣了，盼著凝洛能說句話。要不然，終究不安心。

今日落到吳婆子身上的棒槌，焉知明日不是自己？

凝洛知道白露在等她說什麼，她懶得問白露是不是知道自己錯在哪裡，若對方是個聰明人，自然知道以後該如何；若對方是個愚癡的，她也並無義務點醒她。

白露靜等了半刻，見另外兩個丫鬟已忙著為凝洛更換新的被褥，便有些耐不住了。她伸出一隻手碰了一下桌上的茶壺，發現尚且熱著，為凝洛倒了一杯茶奉上。「白露不懂事，讓姑娘操心了，以後還要煩請姑娘多多提點。」

凝洛又看了白露一眼，對方正垂著眼簾，雙手奉茶，盡是恭敬順從的模樣，日間的那點驕縱已經半分也沒了。

前世，她對這些丫鬟們從來都是睜一隻眼閉一隻眼，想著反正遲早她們要被打發了嫁人，她又何必跟幾個丫頭過不去呢？正是這種一忍再忍的想法和一退再退的做法，引著自己走向絕路吧？

凝洛接過茶杯，慢慢地飲下。

茶水的溫度透過杯子傳到掌心，凝洛輕聲道：「妳去忙吧！」

白露在煎熬了這麼久後，終於得了一句話，心中大喜，眼中迸出感激的光，她跪下來，鄭重地謝過凝洛，忍著膝蓋的疼痛不自然地走出去了。

儘管膝蓋在疼，可心裡是高興的。

凝洛將茶杯放回桌上，心裡卻是澄明，自己身邊到底缺少助力，要從這些丫鬟裡挑些得用的也不是易事。她從前不大與她們親近，她們也吃定了她的好性子，偶有個怠慢之處，嬉皮笑臉地就在她面前混過去了。如今只能慢慢地挑著好用的人，馴服調理後放自己身邊。

其實凝洛不但沒有人相助，便是倚靠也沒有。

母親段氏生下她就血崩而亡，繼母杜氏隨即挺著肚子進門。

段氏和杜氏原是手帕之交，甚至在段氏成親後，杜氏也沒少到家中與段氏來往，一來二去便與凝洛的父親林成川相熟了。待到段氏懷上凝洛身子不便，杜氏不知用了什麼手段與林成川暗渡陳倉，竟也有了身孕。凝洛還未滿月之時，杜氏便打著照顧她的名義進了門。

林成川到底覺得妻子屍骨未寒，又顧忌街坊鄰居的看法，因此只一頂素轎將杜氏抬了進來。而這往後也成為杜氏拿捏林成川的由頭，林成川也覺得有些對不住她，每每便由她去。

這些事情都是凝洛從下人們背後的閒談中聽來的，她從懂事起就知道自己不是杜氏所生，不然她和妹妹凝月的年紀怎麼會只差三個月？

前世的凝洛每每想到這些便忍不住自艾自怨，而如今再看從前，她卻好像找到了自己軟弱性子的根源。

「姑娘，吳婆子送飯來了！」白露在門口輕聲通報，語氣也認真了許多。

「讓她進來吧！」凝洛淡淡地說道，有丫鬟將她面前的茶撤去，準備布飯。

吳婆子拎了食盒匆匆進來，也不去看凝洛，只一逕往桌面擺飯菜一面絮叨。「姑娘如今身子虛，合該好好補補，這都是廚房現做的，姑娘多吃些才好！」

凝洛耳中聽見吳婆子的語氣隱約有討好，再往桌上掃眼過去，卻覺察出不對來。

一條酥炸鹹魚，一盤清炒河蝦，另有一盤涼拌素菜，裡面卻是蔥、薑、蒜末、辣椒、花椒一應俱全，甚至那碗湯還散發著羊肉的膻味，厚厚的一層油浮在上面讓人毫無食慾。

她正在出水痘，飲食最是要注意清淡，如今這幾樣不是發物就是辛辣，沒有一樣能入口。

凝洛抬眼看吳婆子，見她正笑著勸道：「趁熱用飯吧！」

不管是吳婆子還是廚房的婆子們，都是經了多少事的老人，又豈會不知她現在這身子並不適宜吃這些進補？不過還是欺她年幼罷了。

是以她一面微笑道「吳嬤嬤有心了」，一面扶著桌子站起身來，只聽她話音未落，桌上的飯菜卻隨著大幅度傾斜的桌面紛紛跌落在地上。

屋裡的眾人吃了一驚，小丫鬟忙拿著帕子湊上來。「姑娘燙到沒有？」

凝洛還未開口，那吳婆子已看著地上的一片狼藉心疼道：「這可如何是好！好好的飯菜呢……」

凝洛淡淡地道：「是我失手了，再取來吧。」

她並不餓，可以慢慢折騰了。

吳婆子哪裡看不出她是故意的，此時只覺胸中發悶，誰知道小滿已經俐落地收拾好食盒遞給她。

吳婆子顫抖著手，氣得不行了。

這一日，凝洛足足折騰了吳婆子三次。

吳婆子最後幾乎是跪在凝洛面前，才終於伺候著凝洛把飯吃上了。

這件事很快傳遍了林府，人人都說，吳婆子給大小姐端的飯，她自己都吃不下去。她自己都吃不下去，怎麼好給大小姐吃？這其實就是欺負大小姐罷了。如今可算好，被教訓了吧？

人們對於凝洛都開始用好奇的目光來打量，這位軟弱的大小姐，怎麼突然變了副性子？

而不同於外人的猜測，凝洛這邊的下人卻是挺直腰板，不管是去公中取東西還是出來替凝洛辦事，再不像從前那般賠著小心、討好別的下人了。

主子硬氣了，下人們自然也有了底氣，況且自己伺候的也是正經主子，憑什麼就比別人矮了去？

雖然芙蕖院中的下人偶爾也私底下偷偷抱怨一、兩句凝洛的變化，可對外面這種變化卻是她們喜聞樂見的。

凝洛自然感知到身邊丫鬟的變化，她並不是太在意。

只是一個開始而已，她要的還有很多。

許多許多曾經失去的，她都得一點一點地討回來。

重活一輩子，她要把自己失去的、未曾得到的，都慢慢地討回來。

這兩日，凝洛每每在家讀書習字，偶爾看看上輩子自己的繡活，日子過得還算悠閒，而她臉上、身上已不再有新的紅疹出現，水皰也全都開始結痂，她讓丫鬟幫忙把指甲剪短，又在睡覺時戴上棉布手套，以免睡中不覺撓了痂而留疤。

白露這次倒上心來，主動帶了兩名丫鬟輪流守夜，專門看著凝洛不讓她睡夢中去撓癢處。

這日晚上，小滿幫凝洛鋪好被褥，隨口向一旁道：「聽說表公子要來了。」

表公子？凝洛回想了一番，才明白她說的表公子是誰。

是姑姑家的表哥，名叫孫然，從小便是溫潤的模樣、謙和的性子，上一世她也曾存過女孩家的心思，那位表哥便是她所心儀之人。

前世她並不知表哥要來，日日在房中養病，家中發生什麼事是一概不知。那日天氣好，她瞧著牆外的柳樹已長出新葉，又想著花園裡幾棵觀賞用的桃樹不知開花沒有，便心生去走走的打算。

她不愛帶丫鬟出門，大概是性子太過綿軟，總覺得讓丫鬟隨身伺候好像欠了她們似的。於是，她一人慢慢走出院子，迎著久違的楊柳風信步走到園子裡，向東望去正是滿眼的粉色花海。

那時的凝洛在小桃林待了許久，她看了好一會兒流連於花叢中的蜜蜂，嗡嗡地飛在花間，不一會兒就沾染了一身花粉。

直到一人突然從她面前的花樹後閃出來，彼時凝洛正舉著一枝桃花看能不能引隻蜜蜂過來，凝神等待了許久，總算看見一隻要落不落的，圍著她手上的桃枝逡巡起來。

突然一襲白衣的孫然赫然出現在她面前，驚得她手中的桃枝都掉了，結結巴巴地說道：「表……表哥……」

孫然顯然也沒想到樹後有人，和凝洛相見也不由得一驚，只是很快就歸於平靜，然後溫和地笑著同她打招呼。「凝洛。」

凝洛卻被他的神情傷到了，孫然吃驚之後明顯有個端詳她的表情，好像是辨認了一番才認出她似的。

凝洛想到自己滿臉的痂，想到銅鏡中生平最醜的自己，忍不住眼圈兒一紅轉身跑掉了。縱是表哥見過自己從前的模樣，園中相見的這番醜樣子定然印在他心裡了。

自那以後，凝洛便羞於再見表哥，每每想起他，心中伴隨著的總是難以言喻的酸澀。

如今聽聞孫然表哥要來，凝洛便打定主意躲著不見。

她記得和表哥在園中相遇的那天中午，杜氏便命人叫她去前院一起用飯。她不敢說不去，連推脫的勇氣都沒有，最後低著頭在飯桌旁坐了一整晚，聽著其他人談笑風生，自己卻恨不能鑽到桌下去。

「表哥什麼時候來？」重活的凝洛垂下眼，將那些往事盡藏入心中，淡聲問向小滿。

過去的事都過去了，如今的凝洛，對於昔日的兒女情長，竟然是絲毫無感了。

小滿聞言忙站直了身子。「聽說明日便到，具體什麼時辰卻是不知。」

從凝洛罰跪白露之後，小滿面對凝洛的時候總有些緊張，雖然她一直謹小慎微地做事，卻還是有些莫名的畏懼。

凝洛略點了點頭，沒再多說。「我乏了。」

小滿心中微微鬆了一口氣，忙上前和白露一起為凝洛更衣，再服侍著她躺好，又戴上手套，才搬了一把椅子坐在床尾處。

白露將房中的燈一一熄了，只留床頭小几上半截紅燭，好方便小滿照看凝洛。

其實那些痂已不像前幾日那麼癢了，凝洛也不會一夜醒來數次，所以這兩日的精神也比從前好些，以至於她躺了一會兒發現自己毫無睡意，索性翻身坐了起來。

小滿正撐著手肘托著下顎緊盯著凝洛，一時被凝洛突然的動作嚇了一跳。

「姑……姑娘，」小滿慌忙站起來。「您要什麼東西嗎？」

凝洛點點頭。「取針線簸籮來。」

小滿微訝。「姑娘早點歇著吧，仔細傷了眼睛。」

凝洛搖頭。「累了才好睡著。」

白露聽見動靜也舉了燭臺走進來。「怎麼了？」

「姑娘睡不著，要做針線呢！」小滿回頭，希望白露能幫著勸勸。

白露卻看了凝洛一眼，道：「好！」再小聲吩咐小滿。「妳多點幾盞燈，我去拿針線。」

也不是什麼重要的活計，凝洛這幾日在做一朵白色的絹花，卻每每做出來都不滿意而拆掉重來。

白露到底比小滿敢說，在一旁打了一會兒下手便開口道：「若是夫人泉下有知，也會被姑娘的這片心感動吧！」

過兩日便是清明節，白露覺得凝洛這絹花必是為祭祀而做。

凝洛舉起一片花瓣端詳上面用銀線繡的紋理。對於已經不在人世的母親，她並沒什麼印象了，畢竟自小就沒見過，只是有時候會憑空傻想，想想若是母親還在，她如今會怎麼樣？

其實她很羨慕妹妹凝月和杜氏之間的那份親暱，那是她此生都得不到的感情。

凝洛沈默了一會兒，在白露和小滿都以為她不會答話的時候，她突然開口問道：

「妳們家中可都有娘親？」

小滿和白露對視一眼，一向怯懦的她卻搶先白露開口了。「我沒有。」

白露緊跟著說道：「我倒是還有位老娘。」

就在二人以為凝洛會接著說什麼的時候，凝洛又沈默了。

果然沒有娘親的孩子都比較軟弱嗎？

凝洛又舉起花瓣，想按照描畫的形狀繼續刺繡，卻覺得雙眼有些乾澀了。

到底光線太暗費眼睛，凝洛將手中的物什放回簸籮中。「明日再做吧！」

白露二人聞言便忙將針線收了，再次服侍凝洛躺下。

凝洛原以為自己會就「娘親」一事而思慮再三睡不著，誰知竟躺下便入了夢。只是那夢卻十分不真切，醒來之後感覺像是夢到了什麼要緊的事，細想卻又想不起什麼，一時間竟有些悵然若失。

屋裡的丫鬟服侍著她起床、洗漱並用過早飯，她才有機會坐在桌前獨處片刻。

前世遇到表哥是因她去園子閒轉，她不想再有這種糾葛，乾脆想避了去，在家中閒坐就是。若是晚飯再有人來叫，她可以推說病未痊癒不便見客，繼母總不會讓人綁了她去。

只是這廂她打好算盤，那邊便有人來攪局。

凝洛正在畫前世記憶中的那株桃花，白露剛站在門口要通報，凝月便跨了進來。

「這麼好的天氣，不出去走走嗎？」凝月走過來，話中倒是熱絡。

「我這身子還不大索利，出去傳染給別人就不好了，還是安生在房中待著好。」凝洛放下手中的筆，站起身來。

「這桃花畫得不錯。」

凝月湊過去看了一眼桌上的畫，又向正在被丫鬟服侍著擦手的凝洛道：「但還是比不上咱家園子裡開的那些，一起去看看嗎？」

凝洛睨了凝月一眼，沒生水痘時，凝月從不愛和她一起出現在什麼場合，因為人人都知道，林家大小姐貌若天仙，而二小姐就有些差強人意，雖然也是清秀女子，但站在大小姐身旁便黯然失色。

今日凝月帶著殷勤過來，總讓人懷疑她安了什麼別的心思，難道前世的自己在凝月眼中就是這麼愚笨嗎？

「妹妹還是遠著我些。」凝洛淡漠地向凝月道：「若是也染上水痘，母親該擔心了！」

為什麼凝洛說這話疏遠冷淡，拒人於千里之外？這也忒不好對話了吧？

凝月一怔，不過她忍下來，佯裝不在意地笑了笑。「我早就長過水痘，妳完全多慮了！」

話雖這麼說，凝月卻對白露奉上的茶視而不見，凝洛的滿臉痂讓她一刻也不願多待，可是想到別人能看到往日貌美的大小姐如今是這般模樣，她便強忍下心中的厭惡，耐著性子勸起來。

凝洛聽了凝月的話才意識到一件事，冷笑一聲。

她生水痘傳染別人的事，最初發燒的時候，杜氏也請大夫給她看過，待到診斷為水痘時，杜氏如臨大敵般將凝洛的這處院子隔絕了，說是怕這病傳染給林家上下的人，不許人來探望，也不許芙蕖院裡的下人隨意出去走動，只差沒說把凝洛關在房中了。

凝洛並沒有覺得此舉有什麼不妥，大家都知道水痘這病會傳染，自己少接觸別人也是應當的。可是她忽略了一個細節，就是生水痘這事一般都發生在幼小的孩子身上，像她這種十幾歲才生水痘的，已經是少之又少了。

這府中上下並無幼小的孩子，大多數人都在幼時生過水痘了，所以人人都避著她並不是因為怕傳染，只是因為她在父母面前沒什麼分量，故而遠著她罷了，甚至連病了都不會有人來探望。

凝月看不懂凝洛嘴角噙的那抹冷笑，卻仍是堅持邀請道：「出去走走妳的病也能好得快些！」

凝洛對她這番糾纏已不耐煩，淡淡地道：「好，那妳先去，我更衣後便去尋妳。」

她看到凝月就不喜，但是如今也不想和她起衝突，乾脆支應出去拉倒。

凝月卻是不肯，假笑道：「哪裡那麼麻煩，妳去更衣便是，我在這邊等著，等妳好了，咱們一起去。」

「凝月什麼時候與我這樣親近了？」凝洛嘲諷地挑眉，聲音也冷了下來。「還是說，妳這番熱情的邀請背後，有什麼事瞞我？」

凝月心中一噎，臉上的表情便流出幾分心虛，到底不過是養在深閨的十四歲姑娘，被凝洛這麼一說便有些掛不住，訕訕地說道：「怎麼說……也是姊妹，既然妳不願我在這裡等，那我就去園子裡好了。」

人人都說凝洛變了，如今看來，果然是的。她怎麼如此不近人情？一個眼神過來，凝月覺得自己後背發寒。

凝月離開後，凝洛喚人開始更衣，白露見狀忍不住開口問道：「姑娘真要和二小姐遊園？」

林家這兩位小姐，一位性子綿軟，一位嬌蠻跋扈，一向都不怎麼親近，像今日這樣的邀約，過去十幾年中也不能說完全沒有，但也稱得上實屬罕見。

「園子要去，遊園卻是不必了。」凝洛換上外出的衣裙，月牙色滾銀邊，配了乳白色的長裙。

其實這些衣物都稍嫌舊些了，滾邊的彎角處已經洗得略微發白。杜氏表面上並未刻扣凝洛，家中每每做新衣時，給她用的料子和做的數量都是一樣的。可還是不夠穿，凝洛留了最好的兩件料子以備不時之需，剩下的來來回回就那麼幾件。

而凝月卻好像總有新衣服穿，杜氏每每對人宣稱是娘家弟媳送的，可凝洛知道，杜氏的娘家近幾年家道中落，卻沒少要杜氏暗中接濟。

「讓小滿找幾本書給我帶上。」凝洛坐在銅鏡前淡淡地說道。

「不是要去園子裡？」白露剛拿起梳子，一時沒明白凝洛要做什麼。

「去，不過是去園子裡的近月樓。」凝洛並不在意地道。

林家的園子雖比不上城中的那些達官顯貴家的園林，但也修葺得十分雅致，在園子的西北角蓋了一棟小樓，取名近月樓。

夏日的晚上，若是林成川興致好，便會帶家人在樓上用飯，一面品嚐佳餚一面觀賞月色下的花園，一家人倒也其樂融融。

此時雖不再是春寒料峭，可到底還不夠暖，近月樓一個冬天都沒人去，只怕連灑掃也不及時，想來也不會有人突然去那裡與她遇上。

重要的是，近月樓是園子裡離桃林最遠的所在。

收拾妥當後，白露和小滿二人不但為凝洛拿了書，還另外準備了茶水點心等，一應物品放在食盒裡提著，這才隨著凝洛一起去園中。

所幸一路上也沒遇到什麼人，只是主僕三人進了樓，卻被揚起的灰塵嗆了一下。

「管園子的越發不像話了！」白露掩嘴咳了兩聲，皺眉說道。

凝洛只是拿了帕子掩住口鼻順著樓梯向上走，白露忙跟上走了兩步，又想起什麼似地回身將手中的東西交給小滿。

「妳陪著姑娘慢慢上樓，我先上去好歹收拾一下。」

凝洛心裡倒是對這種情形很滿意，至少說明沒有其他人打算來，若是杜氏或者其他人要來近月樓賞景，管園子的人也會提前得知消息並收拾整潔。

慢慢上了樓去，白露已把臨窗的一方小桌收拾乾淨了。「姑娘，我看這裡不錯，打開窗子不但通風，光線還好，看書最合適不過。」

小滿將手中的物什一樣樣擺在桌上，卻有些憂心。「會不會冷？」

凝洛在桌邊坐下感覺了一下。「正所謂『吹面不寒楊柳風』，如此便好。」

雖然如此，白露到底將凝洛挨著的那扇窗關小一些，又向小滿道：「妳好生伺候姑娘，我回去取件披風來。」

凝洛向窗外望了一眼，那片桃林在高處看來又是一番景象，只是林中的情形卻看不大真切。

第二章　表少爺

另一廂，凝月帶著丫鬟在林邊等得不耐，看著凝洛大概會來的方向吩咐道：「穀雨，妳去看看凝洛怎麼還不來？」

她感覺心跳有點快，就好像在學堂時等著先生點評她的文章那般，又是緊張又是忐忑，還有點隱約的興奮。

姑姑家的表哥這次來得真是時候，正趕上凝洛出水痘結了滿臉痂，方才她聽院裡的小廝說，表少爺一人去了園中的桃林，第一反應是也去桃林轉一圈，作出不其然偶遇的樣子。

這個念頭很快就被另一個覆蓋，她覺得讓表哥見見凝洛此時的樣子，可能比她先去偶遇要更好。

如果說凝洛從前在表哥心裡是個瓷娃娃，那她這次一定要抓住機會把那個瓷娃娃打碎。

於是，她匆匆地趕到芙蕖院裡，裝作是誠心邀凝洛出來賞花，卻沒想到在最後關頭露了怯。

好在凝洛還是答應了，不然她還得繼續軟磨硬泡。

奇怪的是，以前不管她什麼邀約或者要求，凝洛一般都會弱弱地答應她，今日卻推三阻四地說了那麼多。

雖然最近對於大小姐難伺候這一說法她有所耳聞，可親自和凝洛打起交道來，她還是察覺了一絲陌生。

凝月小心地回頭朝桃林裡看了一眼，方才她過來的時候隱約看見一襲白衣坐在某棵桃樹下看書，想來一時半刻並不會離開。

不知道是不是她站的位置不對，這一回頭竟然沒有看見桃林裡有人。她挪動了半步，正想再看，卻聽身後響起了腳步聲。

卻是穀雨匆匆覆命來了。「二小姐，大小姐不在院裡。」

「不在？」凝月一愣，難道已經來了？

「那妳這來回的路上可曾看見她了？」

「不曾。」穀雨搖搖頭。「不過方才我看大小姐身邊的白露，拿了件衣服往近月樓那邊去了。」

凝月下意識地望向近月樓的方向，正見樓上一扇窗子微微開著，她微微瞇起眼睛詭笑一聲，低聲自語道：「原來如此。」說完轉身便向桃林走去，邊走邊朗聲。「今年這桃花好像開得比往年早些。穀雨，妳說是嗎？」

穀雨亦步亦趨地跟上，雖有些不明所以，但仍答道：「是呢，許是今年比往年暖的緣故。」說完便瞧見前方有人停住了腳步回過身來。

凝月倒像是十分意外似的，停頓了一下才走上前去。「表哥？你也來賞花？」

孫然也向著凝月走了幾步，待到二人相距三尺左右時便立住。「一直記掛著舅舅家的這處桃林，方才路過的時候見滿園春色便忍不住過來觀賞了片刻。」

凝月隨意地掃了一眼桃林，向孫然嬌笑道：「這桃林雖美，怎奈我們置身其中只見一斑，若是能窺見全貌，那又是另一番景象了！」

孫然微笑點頭。「表妹說得是，只可惜我們並無羽翼，更無法飛躍這桃林之上。」

凝月掩嘴一笑。「表哥想太多了，你看那處近月樓，正是觀賞這桃林全貌的好去處呢！」

孫然順著凝月的手指望去，確見一小樓立於花園一角。

「不如我為表哥帶路，咱們去樓上一觀？」凝月希冀地望著孫然。

孫然猶豫了一下，小時候他與舅舅家的妹妹們常一處玩，如今大了也懂得應該避嫌，於是心裡便有些拿不準；要婉拒凝月的提議，還是大大方方地跟去？

凝月似是看透他的想法，嬌笑道：「表哥如今大了，怎麼反而沒小時候那股爽利乾脆了？況且我還帶著丫鬟，不過是為表哥引路，別人看到還能說什麼不成？」

孫然也覺得若是推辭了也有些矯情，便欣然道：「那便煩請表妹帶路了！」

白露為凝洛披上披風，便退後一步和小滿立在凝洛身後。

凝洛正翻看一本志異的書籍，其實林家請的先生是不許孩子們讀這種書，說是怕移了心性，出去壞了先生的名聲。

凝洛從前也覺得讀書自然是經史子集為上，可有一次她無意間在父親書房裡發現了這本書，也不知是出於什麼心理就給帶回去了。

一想到那位雖然家中諸事不管、但時時維持一家之主樣子的父親，居然會看這類的書籍，她心裡就對父親多了一分親切。

雖然她把書帶回自己房裡，卻從未拿出來看過，直到前幾日重生，她才覺得這類書也許並不全然是杜撰，也許多涉獵一些這類書籍，她才能理解此時自己為何出現在這裡，而不是留在那座孤墳中。

園子裡，青草混著泥土的香氣，被微風挾帶著吹進來。

凝洛看書看得入神，一時竟忘了身在何處，直到樓裡突然有了響動。

凝洛的思緒從書上移開，屏氣聽了一下，只聽聞有女子說話的聲音，還有男子溫和的應答聲。

凝洛放下書，起身向窗外望了一眼，那片粉色的桃林仍在陽光下舒展著。

「冬天沒有人來，管這處灑掃的小廝便偷懶了，這到處是塵土的樣子讓表哥見笑了！」是凝月的聲音，帶著平時少有的甜膩。

「也是人之常情，我貿然前來倒是有些唐突了！」孫然好脾氣地回答道。

白露和小滿聽見對話也是有些意外，看了看樓梯口，又有些無奈地看向凝洛。

「姑娘……」白露低聲開口，卻也不知道說什麼。

凝洛卻淡定得很。

先前她疑心凝月是故意引她去桃林，如今看來並沒冤枉她。這樣的發展也令她忍不住猜測，莫非前世的凝月也曾想要相約，卻碰巧趕上她自己去了桃林？

顯然她今日的推脫和躲藏都無濟於事，凝月是打定主意讓表哥見到一臉水痘痂的她了。

看到兩位丫鬟正無助地望著她，凝洛道：「無妨。」

她並不在乎孫然怎麼想她，都是做過鬼的人，還會怕人嗎？

那樓梯上的腳步聲在安靜的小樓中格外引人注意，白露和小滿看凝洛只是淡淡地說了一句「無妨」，便又坐下拿起書來，心中也都放鬆下來。

凝月已帶孫然出現在樓梯口，一抬眼便看見窗下的凝洛。她忍著心中的自滿，故作驚訝地喊道：「姊姊？」

二人論起年紀其實只差三個月，加上凝洛一向性子綿軟，並不帶「姊姊」的氣勢，凝月一向都是直呼其名，唯有在外人面前，才會叫上一聲「姊姊」。

「姊姊怎麼也在這裡？」凝月熱情地快步走過去。「難道是與妹妹想到一處去了，也來這近月樓賞花？」

凝洛早已站起身，向著立在樓梯口的孫然淡聲道：「然表哥。」

「凝洛。」孫然見了凝洛，一臉驚喜，忙跟著凝月走過來。

凝月這才想起什麼似的在凝洛面前站定，回頭看了一眼孫然，狀似無意地說道：「不好意思，表哥，我不知道姊姊在這裡，她的臉最近因為生病結痂，您不要在意。」

生怕孫然注意不到凝洛的臉似的。

孫然剛走到樓梯口的時候，因為背光並未看清窗下的人，待到凝洛起身轉向他們，他才看清她臉上的痂。

起初他心裡也是微微驚了一下，只覺眼前人無法和記憶中那個驚為天人的表妹聯結起來，可是再細看時，卻見這表妹氣度沈穩，神態清絕，眼神清澈如水。在這桃花盛開之時，清澈明媚，竟是比那桃花更美，一時有些看癡了。

凝月在一旁有些沈不住氣，為什麼孫然臉上的表情沒有絲毫嫌惡，甚至竟有驚豔之色？

「凝洛只是生病，我哪有在意的道理？」

孫然在最初的驚訝過後，收斂了心神，再細想，不免佩服凝洛的勇氣，不過才十四歲的女孩子，正是愛美的年紀，有幾個因結痂而醜陋的姑娘，能做到凝洛這樣大方坦然地與外人交談？

「承蒙表哥不嫌棄。」凝洛看了一眼神色複雜的凝月。「我自己也不甚在意，難道妹妹在意姊姊這個樣子？」

凝月一愣，面上現出狼狽，繼而勉強笑著否認。「怎麼會！」

她確實很在意，在意到多看一眼都厭惡，可她費盡心機將孫然帶到凝洛面前，結局卻是她萬萬沒有想到的。

「凝洛尚未痊癒，不便在外過多逗留，還請表哥體諒，恕不奉陪！」凝洛說著，向孫然淺施一禮，便向樓梯走去了。

白露二人忙收拾東西，也匆匆向孫然和凝月施了一禮，然後緊緊跟著凝洛下樓。

孫然的視線追隨著凝洛離去的方向，看在凝月眼裡又是一陣怒氣，不由暗地咬牙。

凝洛自小生得比她美，近日這副醜樣子是她平生第一次見到，難得趕上表哥來家裡，怎麼這位表哥就能在那張醜陋的臉上看出好來呢？

凝洛走出近月樓便直往芙蕖院的方向走去，甚至沒有回頭看一眼。

那個在心儀的表哥面前出醜而哭泣的凝洛已經不存在了，如今的她已是心如止水。「心儀」是頂沒用的東西，若最後成就好事，也不過是錦上添花；若是各尋了他人，也不過是獨自在心裡上演了一場花開花落，再怎麼輾轉也與他人說不得。

只是凝洛回了自己院中沒多久，便有杜氏身邊的人來傳話，說是表少爺來府上了，設宴招待，家中人都去相陪。

凝洛並不奇怪，前世也有這麼一場家宴，她曾有些拿不準地問來傳話的嬤嬤。「我也要去嗎？」

其實她心中想的是，自己病未痊癒又頂著滿臉的痂，實在是不宜見客。

嬤嬤大抵誤解了她的意思，堆起笑臉道：「姑娘們和表少爺都從小認識的，如今年紀也不算大，同席也算不得什麼。」

那時的凝洛便沒有再說什麼，她自然知道像林家這種小門小戶並沒有太多規矩，況且父親出門辦差未歸，杜氏也不能冷落了表哥。

此時凝洛的心境又與前一晚不同，如今見也見過了，一頓家宴便也沒什麼了。

白露為凝洛戴上一塊淡青色的面紗，凝洛一面往前院走，一面想著重生以來與前世的變化。
身邊的丫鬟自然對她盡心了許多，若是前世也有人想到為她戴一塊面紗，那頓家宴可能也不會變得那樣難以回首。
進到待客的花廳裡，杜氏正向孫然一一詢問著家中各人都怎樣，孫然也認真地一一作答，彬彬有禮的樣子讓杜氏不住地點頭。
與那方的熱絡相反的是，坐在杜氏下首邊的宋姨娘和她的兒子。
杜氏嫁給林成川五年後，終於給林成川納了一房妾，便是宋氏。宋氏是杜氏親自挑選的窮人家女兒，為了給弟弟多籌些娶媳婦的錢，才給他們眼中的「大戶」作妾。杜氏給了那家一筆銀子，約定好宋氏從此與娘家再無瓜葛，便像買了一個下人般將宋氏帶回家來。
那時凝洛剛剛五歲，對於家裡這位姨娘還是有幾分新奇，雖然總想與這位姨娘說點什麼，可這姨娘卻也是個沒什麼話的，因此二人也就僅限於見面問個好。
宋姨娘也是個爭氣的，第二年便誕下一個男孩，如今已經八歲，叫做林出塵，只是人卻不能恰如其名。
宋姨娘從來也不知道爭搶，更不懂得給兒子鋪路，偏偏林成川在家裡也不大管事，對自己有沒有兒子都不甚在意，更不用說什麼長幼嫡庶了。

這對母子在這個家中過得實在沒什麼存在感，以至於出塵長到八歲還總是一副怯懦的模樣，不敢與人對視，甚至連性子最軟的凝洛都怕。如今他正穿著一身半舊的長衫靠著宋姨娘站著，好像一隻不敢從巢中探出頭的雛鳥。

凝洛先向杜氏請安，又同孫然見了禮，這才向宋姨娘問好。

宋姨娘見凝洛站在她面前，忙想要起身，後來想到自己到底也算個長輩，扶著出塵欠了一半的身子便又坐回去。

杜氏在一旁看了直皺眉，雖然這個小妾生性老實好拿捏，可有時候也實在上不得檯面。

「出塵。」凝洛又向那位同父異母的弟弟輕聲開口。

男孩卻像受到驚嚇般抖了一下，又往宋姨娘靠了靠，垂著眼睛咕噥了一聲「大姊」。

「出塵如今也大了，」凝洛繼續輕聲道：「又是家中男丁，理應學些待客之道了。」

宋姨娘聞言眼神中竟有絲慌亂，不安地看了一眼杜氏，發現對方仍和孫然交談著什麼，並未注意這廂，才又不解地看了凝洛一眼。

大小姐真是奇怪，她今日怎麼突然對他們母子說起這些？

出塵聽到這話，抬眼驚訝地看了一眼凝洛，眼中似乎有些羨慕，也有些受寵若驚，不過很快便低下頭，眼觀鼻、鼻觀心的樣子。

「便是站在姨娘身邊，也不該這般靠著。」凝洛停了一下。「不如去然表哥旁邊那把椅子上坐，好不好？」

凝洛對這位膽怯的弟弟說話更加溫柔，生怕他再多受一分驚嚇。

宋姨娘總算明白了凝洛的好意，輕輕推了推出塵。「去那邊坐吧！」

出塵卻仍是站在原地，動也不動。

凝洛見此，蹙眉，想著這是林家唯一的男孩子，卻被養成這般。

這時，卻聽凝月在門口道：「我來晚了，請母親不要責怪！」聲音裡滿是活力，帶了幾分撒嬌、幾分興奮，甚至幾分春風得意，總之完全聽不出可能被責怪的擔心。

凝洛循聲望去，也覺得凝月今日比往常要明媚些，一身白底繡紅的織錦長裙外又披了一條雪緞的披肩，裡外又全是凝洛不曾見她穿過的衣裳。

髮髻間的珠翠相互輝映，腰間環珮隨著她走路的動作叮噹作響，雖然給人一種堆砌過多的繁重感，可到底給她生出幾分光彩照人的感覺來。

杜氏見了女兒也覺得異常可人，心裡喜愛還來不及又怎會責怪，只是當著孫然面前還是得說上幾句，於是便假裝不快道：「如今大了反倒沒規矩，哪裡有讓長輩客人等著的道理？」
孫然正要表示不礙事，又聽杜氏向凝月一笑。「去！快見過妳表哥！」
凝月聞言，帶了幾分嬌羞轉向孫然道：「今日已經見過了的，不過……」說著向孫然屈了屈膝。「月兒再次見過表哥。」
孫然忙起身回禮，杜氏在主位上笑得心滿意足。「人都齊了，咱們去桌邊坐，讓下人們上菜吧！」
雖然林成川不在家，這待客的禮數到底要有，於是杜氏在主陪的位子前站好，讓出右手邊的位置向孫然招呼。「然兒坐這邊來！」
孫然也知自己是客，便不推辭地直接同杜氏一起落座。
凝月坐在杜氏左側；凝洛則坐在孫然旁邊；出塵挨著凝洛；宋姨娘則坐在末位。
桌上很快就擺滿尚品佳餚，凝洛看著滿桌的山珍海味，一時竟想不起前世的菜餚是否如今日並無二致。
前世的她只顧將頭低著，盯著桌下的衣裙出神，哪裡會記得桌上是什麼菜色！杜氏、凝月和孫然三人相談甚歡，她、出塵和宋姨娘恍若不存在。
如今她瞧著這桌豐富的菜餚，倒是有些明白了。
孫然，果然是稀客，原來他們竟然打著這個主意。

像是家中來了客人怎麼招待這種事，都是杜氏出面安排的。若是林成川的一些遠房親戚，小富即安的那種，招待的飯菜不過是在林家日常飲食的基礎上加兩道葷菜；若是杜氏的娘家人，則要根據遠近親疏做些出彩的飯菜，擺上一桌還是要的；若是官銜比林成川高的貴客——當然那種情形少之又少，那便要擺上今日這般佳餚了。

孫然不過一介尚未取得功名的書生，在杜氏眼裡卻是三品官員家的貴公子，自然值得這般對待，全然是因為凝洛的姑姑嫁得好罷了。

最初林家和孫家也是門當戶對，沒過兩年姑父便飛黃騰達，如今已官拜三品，不是林父所能企及的了。

杜氏一面為孫然挾菜一面道：「然兒如今大了，早兩年便該尋門親事才對，難道姊姊到今日都不曾打算過嗎？」

她口中的「姊姊」便是凝洛的姑姑，如今掌著家，三品官員的夫人，著實讓杜氏豔羨不已。

孫然用手虛扶了一下菜碟，以示對杜氏挾菜的尊重，才回道：「母親的打算，我不敢妄自揣測。」

杜氏點點頭，對孫然是越看越喜歡。「姊姊應該自有考量，你這年紀倒也不急，城中可以挑選的姑娘多得是，過、一兩年再定也不晚。」

「況且，」杜氏下意識地看了凝月一眼。「到時候說不定能有門親上加親的親事，那更是再好不過了！」

凝月聞言，不由滿面嬌羞地看了孫然一眼，不覺便紅了臉。

孫然感覺到有絲不自在，卻不接凝月的眼神，只向杜氏恭敬道：「舅媽所說之事，外甥還從未有過打算。再者，終身大事自然是『父母之命，媒妁之言』，並無外甥置喙的餘地。」

連宋姨娘都聽出這番說辭的推脫之意，雖說所謂「父母之命，媒妁之言」仍為大家所看重，但如今民風開放，為家中子女訂親之前一般都會先問過子女的意見，以免促成怨偶。

杜氏尷尬地笑了一下，掩飾道：「也是，你還是個孩子，我原不該與你說這些，吃菜！」說著，便又接連為孫然挾菜。

孫然盛情難卻只好連連道謝，只是杜氏這番舉動卻讓他有些食不知味，一偏頭見以面紗掩面的凝洛安靜地坐在一旁，很少挾菜，也不插話，心中不由生了憐惜。

他一直記得凝洛未戴面紗的樣子，雖面上有疤，卻自有一股清冷豔麗的氣質，這是他在任何女子身上都未曾看過的，只是那麼一瞥，便覺心念一動。

「凝洛要多吃些才能盡快將身子養好。」說著，孫然便挾菜放到凝洛面前的碟中，言語溫柔憐惜。

「謝謝然表哥。」凝洛輕聲道謝，聲音卻依然透著一絲冷。

孫然掃了一眼桌上的各色佳餚，看得出杜氏對他很是盡心，只是大多菜色對凝洛來說都不大合適，偶有兩道素菜，卻又擺放離她太遠。

孫然伸手向一道素炒時令蔬菜挾去，然後再次放在凝洛盤中。「妳最近飲食要清淡些，對妳養病有益處。」

杜氏臉上的笑頓時垮了一下，眼神不善地看了凝洛一眼，凝洛卻當沒看見般，仍是淡淡地向孫然道：「表哥說得是。」

凝月在對面暗咬銀牙，心裡也有些責怪，杜氏為什麼讓孫然和凝洛坐在一起，又惱恨孫然，明明凝洛的那張臉都成了那副樣子，他竟然還能沒事人一樣為她挾菜，又是如此體貼。

凝月自從進了花廳就自覺將凝洛遠遠比了下去，方才杜氏同表哥交談時，她也不時說上幾句，表哥也溫和地笑著回應她，讓她覺得表哥眼裡是有她的。可現在，孫然岔開了母親的話題去為凝洛挾菜，這讓凝月心裡十分不痛快。

就好像一個人拿出了自己最好的寶物送給看重的人，而那個人轉手就把寶物賞給了叫花子。

凝月心中不甘，她方才還覺得自己心中像園中那片桃林一樣，在陽光下慢慢綻開了花朵，表哥的這番舉動就像春日裡難以捉摸的寒流，一下就把那些花兒打蔫了。

在凝月心裡，凝洛是比不過她的，除了那張臉。可今天凝洛的臉被面紗遮著，在座的人都知道面紗下是何等醜陋，那凝洛還有什麼比她強的呢？

杜氏也是在心中為女兒鳴不平，難道說她今日忙前忙後，對著一個後輩笑臉相迎，竟是為他人作嫁衣？

她從來都不喜這個凝洛，今日讓凝洛來作陪，不過是怕月兒一人出席會落人口實，說她這個做繼母的苛待。

況且，她心中估摸著凝洛那副樣子也翻不出什麼花來，往常又是溫順的軟性子，在孫然面前丟過臉，說不定孫然就不再惦記她往常的美貌，誰知竟能狐媚至此呢！

「飲食自然是格外注意的，有時候我還讓廚房為咱們家洛兒另做呢！」不甘之下，杜氏希望能將孫然的注意力拉回來。

凝月聞言也忙附和。「是的，姊姊病著，母親比誰都要上心呢！」

孫然卻是朝她點點頭，再度向凝洛說道：「妹妹可曾聽過一種藥，結痂之後用了能夠不留疤痕，還能使肌膚勝雪，連宮中的娘娘們也愛用的。」

凝月一時忘記不快，快言快語地問道：「可是『還玉膏』？」

孫然也再一次對她點頭，然後笑道：「正是。剛好我得了一瓶，回頭讓人給凝洛送來。」

杜氏臉色一時更沈了，想要說不許私相授受，可自家又不是那種規矩森嚴的門第，說了平白惹人笑話。又沒有別的理由阻止孫然送東西給凝洛，一時心中鬱結，對著滿桌佳餚也沒了胃口。

「我聽聞那『還玉膏』十分難得，便是宮中的娘娘也不是人人都能有，表哥是如何得來的呢？」

凝月努力順著話題向下聊，母親的不快被她看在眼裡，可也不能就此冷場。

杜氏聽了女兒的話，倒是贊許地看了她一眼，臉上也緩和一點，又笑道：「妳表哥是個有本事的，怎麼也比養在深閨的妳強上千百倍。」

「母親……」

凝月嬌笑著撒嬌，惹得杜氏看向孫然笑了。「你看看她，還說不得了！」

孫然也只得回以微笑，再向凝洛側了側，正見她與出塵低聲說什麼，倒不好接著同她聊了。

宋姨娘和出塵在桌旁都很拘束，眾人舉箸的時候，他們便跟著往面前的菜餚挾上一點，若是有人交談，他們便放下筷子默默坐著。

「姨娘，」凝洛淡聲命令宋姨娘。「幫出塵多挾些菜。」

宋姨娘受寵若驚地點頭。「好、好。」

口中雖說著，看杜氏三人正交談著，卻不敢去拿筷子。

「出塵正是長身體的年紀，應該吃好些。」凝洛又勸道。

宋姨娘滿臉感激地點頭。「姑娘說得是，姑娘有心了。」說著伸手摸了摸筷子，看了一眼杜氏又仍將手放下了。

凝洛見狀也不多勸。該她做的，她儘量做，至於到底如何，全看各人造化吧。

用過飯，杜氏又留孫然吃茶，孫然推脫還有其他事要辦，執意要走。

「多謝舅媽盛情款待，只是外甥確有他事。待到舅舅回來，外甥再過府來探望舅舅舅媽。」

一行人便送孫然出府，孫然也有些惶恐，幾次三番要杜氏留步，杜氏終於在走出大門口時停住。

「也好，」杜氏回身拉過凝月。「讓月兒替我送送你吧！」

「凝洛不好見風的，就先回去。」杜氏又向凝洛說道。

「不必相送了。」孫然仍舊推辭。

「去送送妳表哥，莫失了禮數。」杜氏將凝月向孫然推了一把。

「到這裡便留步吧！」孫然忙向杜氏施了一禮。「告辭了！」說完看向凝洛，眸中有難言的不捨之意，不過當著杜氏，也只能狀若無事地道：「表妹，表哥先告辭了。」

凝洛垂下眼，依禮告別，卻是沒有任何一絲留戀。

孫然見了，心中失落，又想著或許是當著杜氏的面她不好多說，只能自我安慰。

凝月忙向孫然笑，笑顏如花。「表哥有空再來！」

「好！」孫然敷衍著微笑點頭，最後看了一眼凝洛，見她根本沒看自己，只好離開了。

只是他剛走遠，杜氏方才那和善微笑的臉便對著凝洛冷了下來。「咱們雖不是什麼名門望族之家，可該教妳們姊妹的規矩我也沒少教，妳長到這個年紀也總該矜持一些才對。」

宋姨娘帶著出塵立在附近，難以置信地看了杜氏一眼，不敢相信她就這麼在大門外訓斥起凝洛來。

「女孩子應該端莊，」杜氏繼續說道：「在和男子同席之時，更是要知曉分寸。即使是表哥，也不能不顧臉面地往上湊啊！」

杜氏說著語氣就有些急，說完卻又放緩語氣，似是語重心長地說：「妳說說今日，知情的人說妳們表兄妹自小要好，不知情的人還以為妳是有心勾搭呢！」

這話說得有些重了。

宋姨娘又看了杜氏一眼，雖然心中不知如何反駁，可到底覺得這不是一位當家主母應該對女兒說的話。她又看向凝洛，凝洛仍舊是面紗遮臉看不清什麼表情，一雙眼睛露在外面，卻是波瀾不驚的樣子。

「母親這話是對我說的嗎？」凝洛平靜地問道。

在杜氏的意料中，凝洛應該是低頭默默聽著，即使為自己辯駁，也不過無力地說句「我沒有」，甚至還會因此羞憤流淚。卻不承想，她說完一通，竟換來這麼一句，好像她說了那麼多，她根本連聽都沒聽一般。

杜氏見了，頓時氣得難受。

凝月眉頭一皺，想起她邀凝洛賞花時被她搶白的那句，心中突然有了不祥的預感。

杜氏氣結，盯著凝洛，只覺得如今的凝洛大不如前了，怎麼變成這種性子，眼裡竟然沒她這個當娘的，她咬牙問道：「怎麼我說了半天，妳竟沒聽進去？」

宋姨娘感覺凝洛在面紗下一笑，那笑幽冷猶如深潭，彷彿把她一切的伎倆都看透了。

「席間我和表哥只說了三句話，而妹妹……」凝洛看向凝月。「妹妹同表哥說了二十三句。」

二十三句？

杜氏和凝月頓時氣結，她、她還要數一下凝月和孫然說了多少句話？

這算什麼，算什麼！

凝洛停頓了一下，才清清淡淡地道：「要說勾搭表哥，那也是妹妹勾搭了。母親，我知妳素日疼我，但也應該多管管妹妹，要不然傳出去，別人豈不是說妹妹待字閨中不知羞恥，隨意勾搭自家表哥，眼巴巴地對著自己的表哥笑，再有那壞心的人，說妹妹不知羞恥和人私通也是有的。」

這這這……

杜氏氣得眼睛都瞪大了！

什麼壞心人編排，這分明是她在編排啊！

杜氏氣得說不出話。凝洛這番編排，簡直是幫那些暗地嚼舌根的人找好話頭！她氣得盯著凝洛，恨不得當場給凝洛一巴掌，一回頭，又發現宋姨娘正驚訝地看著這一切。

想到宋姨娘帶著那個上不得檯面的兒子在一旁目睹全程，杜氏忍不住惡狠狠地瞪了他們母子一眼，嚇得宋姨娘一個哆嗦，忙把自己兒子護住了。

凝月哪裡聽過這種話，對於母親這把火燒到自己身上，她也毫無心理準備，因此竟也沒有話來反駁，一時羞紅了臉，心裡又氣又急便落下淚來，忙拿帕子遮住，哭著跑開了。

杜氏伸出一根手指指向凝洛。「妳好……好……」

「好」了半天也沒說出一句完整的話，她心裡又記掛著凝月，最後一甩袖子，也氣沖沖地走掉了。

凝洛卻不在意，看了看遠處熱鬧的街道，也跨門走了回去。

白露忙默默跟了上去。她之前以為大小姐轉了性子，只是對她們這些下人與往日不同，如今看來，凝洛根本就是變了個人一樣，以後必是要小心點，要不然別看大小姐清清淡淡的性子，但整起人來，那是把人往死裡整的！

宋姨娘又在門口站了一會兒，看杜氏已深入院中看不見，才從身上的荷包裡摸出一小塊兒碎銀遞給身旁的丫鬟。

「去街口買兩塊點心送到少爺房裡，避著點人。」說完便也拉著出塵匆匆回府了。

第三章　偶遇陸宸

凝洛走到半路，白露終於忍不住出聲問道：「要不要讓廚房為姑娘蒸碗蛋羹？」

席間眾人各懷心事，並未將心思放在吃飯上，因此想來應是人人都未吃飽。

「不必了。」凝洛望著前路繼續前行。「想必廚房那邊正為杜氏母女做飯食，妳去了還不知是什麼情形。」

白露想了一下。「咱們房中還有些蜜餞點心。」

「那倒不用，我並不覺得餓，只是有點乏，回去打算先歇息一下。」

回到芙蕖院凝洛便歇下了，直睡了小半個時辰才醒來。

白露和小滿在外間小聲說著什麼，聽起來像是在做針線，交流某種花紋的繡法。

凝洛也沒有喚人，自己慢慢坐起來在床頭靠著引枕出神。

上輩子生水痘期間的她，可有如方才那樣安心地睡過一覺？

沒有，她為自己滿臉的痂夜不能寐，便是睡著了也很快驚醒，怕自己不小心落下疤，再也不能恢復從前的樣貌。即使是痂不再癢的後來，就如同今日這般，她也是不能安睡。

全因為表哥。

她在那樣灼灼迷人的桃花下遇到了表哥，給表哥看到她生平最醜陋的樣子，每每想起便有淚意泛上眼眶，她又怎麼睡得著？

燦爛的桃林，溫潤如玉的表哥，應該是一位燦若桃花的女子與表哥相遇，而不是生水痘結痂的她。一場食不知味的宴席煎熬到最後，她仍是不能逃離，跟隨家中長輩送客也是禮儀，她沒什麼藉口不去的。

她磨磨蹭蹭地故意落在後面，甚至離宋姨娘和出塵後面很遠，也沒有人發現。待到其他人將表哥送出門去，她更是躲在門內，只偷偷看著，生怕站在外面再被表哥打量自己的那張臉。

沒有人願意在心儀的人面前露出那樣的一面，她也不知什麼時候懵懵懂懂地就存了一段心事，好像突然有一天情竇初開，心裡就住進了一個人。

表哥自小也是好性子，和林家兩位表妹一同玩耍的時候，從來都是不偏不倚，有時候凝月仗著年紀小想要多占些什麼，孫然寧可自己的那份不要，平分給兩個妹妹，也不會虧待凝洛。

凝洛自那時便覺表哥親切，杜氏雖然給凝洛、凝月分東西的時候，看起來也是一模一樣的兩份，但凝洛知道，杜氏還另給凝月偷偷留了些，不然凝月哪裡甘心同她一樣呢？

那時的凝月年紀也小，尚不懂隱藏情緒，一看到得的東西和凝洛一樣便嚷著要多分些，杜氏當著凝洛又不好說什麼，只得哄她說沒有了。

凝月哪裡猜得到杜氏的小算盤，只不管不顧地拆穿。「送來的時候明明有很多，我都看見了！」

沒有親生母親庇護的凝洛，早早就學會看人臉色、揣人心思，見杜氏看了她一眼才皺眉呵斥凝月，便找藉口帶著自己的那份告辭了。

凝洛就是這樣長大的，只是前世的她至死都沒能學會反抗。

凝洛又想起今日，她不躲不逃地去送表哥，不管是與表哥相遇時還是家宴之上，她因心中坦然都是大大方方的，表哥反而流露出欣賞關愛之意，這種對比只讓她覺得前世的凝洛可憐可悲到可笑的地步。

只是這輩子的她對表哥已沒了那些仰慕的心思。

一時又想起上輩子的杜氏和凝月，正是她們二人設計將她送至陸宣面前，被陸宣強占了身子，萬念俱灰之下她腦中一片空白，陸宣卻一直哄著她，說他從很久以前便如何愛慕她，那日情至深處才做了那樣的事，最後反覆承諾會娶她，她漸漸地竟也認了。

陸家比林家門第高，陸宣也確實是會疼人，能求得一個名分，好歹過一輩子也便罷了。可她的委曲求全並未換來自己看重的名分，她想要逃離時，卻被賊人逼得走投無路跳了河。

所謂男人也不過如此。

倒不如想想怎麼掙錢、好好過日子，如今民間對女戶更加認可，只要有足夠的財富支撐，便可以選擇自立女戶。又或者，還可以自己養個庵子，收香火錢。

若能自己掙出一方天地，她何苦去追求「名分」那種虛事？

正想著這些，就見小滿輕輕走至門口，看凝洛正坐著，忙回頭說了聲：「姑娘醒了。」這才匆匆走進來。「姑娘何時醒的？怎麼也不叫我們？」

看小滿倒茶，凝洛確實也覺得乾渴了，喝了小半杯又將杯子遞回去。

白露也已走到床前。「要起來嗎？」

凝洛點點頭，便移到床邊站起來。

被伺候著簡單梳洗了一下，凝洛便將二人支開了。「我一個人看一會兒書，妳們去外面吧，叫妳們再進來。」

凝洛點算了一下自己的私房錢，發現不過才幾兩碎銀子，也不知到下次發份例的時候能剩下多少。

至於首飾，凝洛將所有的家當都擺在梳妝檯上，三五支成色普通的釵子，有一、兩支還七零八落的；一條珍珠鍊子也是斷過之後重新穿起來的，況且那珠子不但小，色澤還不夠好；一套小時候的銀製長命鎖和手鐲，也不是多值錢的物件，可憐得很。

凝洛又將那些看起來略寒酸的首飾一一收起來，突然想起小時候的一件事。

那次杜氏莫名心情不好，尋了個由頭將她訓了一通，然後就帶著凝月上街了。

她眼淚汪汪地站了很久，最後也只得忍住委屈回自己房間，卻聽到父親長吁短嘆的聲音。

那時候她還小，沒有自己的院子，她的房間在凝月隔壁，凝月則在父親和杜氏的房間隔壁。

她方才從杜氏那邊出來並未看見父親。

找了一會兒，她終於發現聲音是從離自己房間較近的東廂房傳出來的。

那間房，自從她記事起就很神秘，常年掛著一把鎖，杜氏不許任何人進去，就連凝月幾次央求杜氏，想要將院中的所有房間都打開讓她捉迷藏，也沒能打開那一間。

凝洛有些猶豫，最終輕輕走了過去。

房門敞開著，屋中擺了幾樣簡單的家具，卻都用白布覆蓋著，只大抵能看出家具的形狀。

中央還擺著幾口紅木箱子，林成川正靠在其中一口箱子上，手裡還拿著一支金絲攢花鑲翠簪。

許是感覺到門口小小的人影，父親轉頭望了過來。

凝洛有些瑟縮，打算向父親行個禮便離開。

「凝洛，」父親卻先她開了口。「過來。」

凝洛又回頭看了看院門，杜氏剛帶了凝月出去，一時半刻應該也不會回來。

她輕輕跨過門檻，在進入房間的一瞬，莫名就帶了一絲敬畏。

「父親。」她站在林成川面前低聲喚道。

林成川仍靠坐著，她和那個姿勢的父親差不多高。

父親看向她，眼睛微微有些紅，似乎還有些濕潤，還有些她那個年紀看不懂的憂傷。

父親用那樣的眼神看了她好一會兒，才突然笑了一下，然後站起來打開靠坐的木箱又招呼她。「凝洛，妳過來看。」

凝洛望向那箱子，一望之下，卻是瞪大了眼睛。

兒時的凝洛懵懵懂懂地走過去，站在林成川身旁一齊往箱內看去。

是很多好東西，那時的她只知道是好東西。

銀製的酒壺酒杯，一整套銀製的碗筷都雕刻著精美的花紋。還有許多珠寶首飾，比杜氏戴過的都要好，讓人看得眼花撩亂。

林成川將手中的簪子也放進去，然後撫摸著她的頭。「這些是妳母親留下的，等妳出嫁的時候都給妳。」

凝洛那時已經知道父親口中的「母親」並非杜氏，只是不太懂那些東西與她出嫁有什麼關係。如今想來，那一房間的東西應該都是生母段氏的嫁妝。

可後來父親住的院子又翻蓋過，那一屋子的東西便不知道哪裡去了。

這兩年，杜氏偶爾在飯桌上向林成川抱怨日子不好過，嫌家中進項少，說兩個女兒眼看到了說親的年紀，嫁妝還沒著落。

凝洛當時聽了並未往心裡去，現在想起父親只是笑著說「兒孫自有兒孫福」的樣子，卻從未提起過凝洛的那一箱子嫁妝。

父親不管家中大小花銷，最大的可能，就是那筆嫁妝被掌家的杜氏給私吞了。

只是凝洛雖這樣懷疑，卻並沒有實質證據罷了。

枯坐在家中是想不出法子來的，她決定先上街走走，靠著上輩子自己的見識，看能不能尋個掙錢的路子。

只是在走到二門的時候，卻被一位杜氏身邊的嬤嬤攔下了。

「姑娘這是要去哪兒？」那位杜嬤嬤虛笑著，眼神中帶著打量。

「姑娘要去哪兒還得跟妳稟報不成？」白露上前一步站了出來。

小滿則拿著冪籬站在凝洛身後有些退縮，小聲建議道：「姑娘，要不咱們改日再出去吧？」

凝洛卻像沒聽到一般，又向前邁步，那嬤嬤卻緊走一步伸開雙臂攔在她面前。

「妳這是做什麼？」白露有些惱了，質問的聲音也不由提高了些。

「喲，」那位杜嬤嬤看了白露一眼又假笑著面向凝洛。「姑娘不能出去。」

「我家姑娘為何不能出去？」白露扠腰怒道。

杜嬤嬤仍是看著凝洛。「夫人吩咐了，大小姐不能出門。」

白露又欲開口，凝洛伸手攔了她一下，才平靜地向那嬤嬤問道：「夫人在房中嗎？」

嬤嬤見與自己對話的人終於不再是凝洛身旁的丫鬟，心裡很滿意，放下雙臂回話道：「夫人帶著二小姐去廟裡燒香了。」

杜嬤嬤說完心裡很是慶幸，這個差事再好辦不過，只說照夫人的吩咐攔下大小姐就可以了，就算大小姐想找夫人理論也找不到人。

「那我也去燒香。」凝洛淡淡地扔下一句，逕自前行。

那嬤嬤自是不肯讓步，再度攔在凝洛前面。

凝洛的眼神輕飄飄地從嬤嬤臉上掃過，又看向大門口，淡漠地道：「讓開。」

「哎喲，我說大小姐！」杜嬤嬤上下打量了凝洛兩眼，臉上的神情便帶了幾分鄙夷。「您怎麼不懂咱家夫人的一片好心呢！」

杜嬤嬤「嘖嘖」兩聲。「這還不是怕您出去丟人現眼嗎？」

「妳這嬤嬤怎麼這樣說話！」白露聞言再次站出來。「不過是看您年紀大了，我們姑娘不與妳一般見識，妳不要給臉不要臉！」

凝洛知道白露一直就是火爆性子，又藏不住話，不然之前也不會在背後大著膽子議論自家主子。

小滿則一貫謹小慎微，聽白露最後都破口大罵起來，不由嚇得臉都白了。

可凝洛顯然不打算改日出門，小滿也不敢再勸，只拉了白露一把。「白露姊！」

於是兩個丫鬟和一個嬤嬤鬧僵起來，吵吵嚷嚷的。

凝洛神色一冷，擰眉。「不過是一個刁奴罷了，小滿、白露，給我掌嘴。」

這話一出，杜嬤嬤愣了。

掌嘴？

她這邊還沒反應過來，白露已經上前，對著杜嬤嬤狠狠甩了兩巴掌。

兩巴掌搧下來，杜嬤嬤終於清醒了。她盯著凝洛，卻見凝洛雙眸猶如寒潭，看著她的樣子彷彿看著一隻螻蟻。

這一刻，她傻眼了，渾身冰冷。

她是絲毫不懷疑這位大小姐一個心情不好，直接碾碎了她。

杜嬤嬤才聽那吳婆子說，這位大小姐如何難伺候，像變了個人一樣，她還笑那吳婆子被一個十幾歲的丫頭給制伏了，如今她卻笑不出來了，忍不住打了一個激靈。

「讓開。」

凝洛的聲音聽起來讓人如墜冰窖，杜嬤嬤僵硬地動了下，讓開了，臉上還火辣辣地疼著，她是怕了，真怕了。

凝洛走向前，又回身從小滿手中接過冪籬戴上，主僕三人這才出門離去。

杜嬤嬤腿一軟，差點摔倒在地。

小滿望著側前方輕移蓮步的凝洛，眸中都是崇拜和敬佩。

姑娘實在是太厲害了！

白露不經意間看到小滿眼中流露出的欽佩之意，便有心捉弄她，湊過去低聲道：「妳再這麼任人拿捏，小心哪天姑娘不要妳了！」

小滿果然一愣，眼神就立即擔憂起來。

白露對她促狹一笑，緊走兩步跟上凝洛。「姑娘，咱們去哪兒？」

去哪兒？

凝洛這兩日已經想好了，自然是城中最繁華熱鬧的昌平大街，那裡生意往來最多，是最能發現商機的地方。

凝洛帶著白露二人在街市上邊走邊看，街旁除了商鋪酒肆，還有不少叫賣的小商販。

凝洛一一瞧過去，卻都因為覺得不懂行而看不出未來的商機。

一直走到茶市，凝洛的腳步才慢下來。

陸宣做過茶葉的生意，前世跟了他兩年，耳濡目染之下，她清楚這裡面的門道。當初陸宣的茶樓開得風生水起，凝洛也跟著深知其中的套路。

「姑娘，看茶嗎？」賣茶的小販吆喝道，面前擺著幾個編製的小筐，裡面是各種炒製好的茶葉。

「上好的社前茶！」小販見凝洛停住腳步，便繼續招呼，還彎腰從一個小筐裡捏起一些，然後攤開手遞給凝洛看。

白露見凝洛隔著冪籬向那小販手中看去，便自小販手中捏了幾粒茶葉遞給凝洛。

凝洛接了茶，拿至冪籬之中細細地看了看那茶葉的色澤和芽葉，又移至鼻尖輕嗅了一下，才將那幾粒茶葉遞回給白露。

那小販見凝洛辨過茶，繼續自誇道：「絕對是社前茶，這茶可不多見，您帶上一些嚐嚐？」

凝洛抬頭看了一眼小販身側後面的茶樓，小販見狀忙道：「這茶樓裡賣得最好的茶就是用我這社前茶。」

凝洛卻沒回，只搖了搖頭，便逕自往前走了。

跟著凝洛繼續向前，白露心裡堆滿疑問，自家姑娘方才查驗那茶的動作神情，倒像是精通此道一般。

「姑娘，」白露輕聲開口，卻不自覺帶了試探的意味。「方才那茶，好嗎？」

凝洛只顧看著路旁的茶樓茶販，並未察覺到白露的猶疑，只輕聲答道：「確實是社前茶，不錯。」

「那不是很好嗎？」說話的卻是小滿。她出門見了這方熱鬧就放鬆很多，再加上將白露的戲謔之言當真，便也大著膽子同凝洛交談起來。

「聽說社前茶很稀少，」小滿解釋道：「大多都作為貢茶送往宮中了。」

白露也跟著點點頭，一起等著凝洛回答。

凝洛微微掀起冪籬，看了一眼茶攤上的茶葉，便又繼續前行，口中說道：「雖是社前茶，可卻是龍井，那便不夠好了。」

「龍井唯有『火前』採摘為上，社前太早，芽葉過嫩，反而不美。」

民間品茶也以宮中流行為上，如今皇宮中最熱門的是紫筍貢茶，聽聞今年的紫筍社前茶比往年更少，悉數送至宮中還嫌不夠，因此民間的紫筍明前茶甚至雨前茶的價格都是扶搖直上。

而其他種類的社前茶便有少量流入民間，眼下這龍井社前茶，不過是唬人罷了。

白露聽凝洛解釋詳盡，不由疑慮更甚，口中便也問出心中所想。「姑娘何時對茶葉如此精通了？」

凝洛腳下頓了頓，倒把這點給忽視了。

「也是書中研習所得……不知對不對，所以方才在那小販前都沒敢多說。」

凝洛在一間茶樓前止步，白露二人也跟著停住腳步，想起凝洛最近確實成日抱著書，又想起方才和那小販打交道的情形，便都點頭不已，心中也對凝洛的話深信不疑。

這條小街是茶市，以賣茶的攤位和商鋪為主，街上的茶樓就兩座，一座是方才街口的那座，一座便是眼前的這個。

這茶樓並不大，樓高三層，占地不過三間商鋪那麼大，卻在一樓闢出一間專門對外賣茶葉。

這茶樓的老闆來自黔北，對各類茶都很有心得，前世陸宣賣茶不湊手的時候，還曾從這裡調過貨。

凝洛觀望了片刻，挑了一個沒有客人的空隙，往賣茶的鋪子走了過去。

「姑娘看茶嗎？」鋪子裡的夥計熱情地招呼道。

凝洛只微微點了點頭，便向擺放在案几上的各色淺甕中看去。

「姑娘平日裡愛喝什麼茶？」夥計只當凝洛是買來自己喝，便繼續笑著詢問。

「有西湖龍井、洞庭碧螺春，要麼您試試這廬山雲霧？」小夥計繼續介紹。「或者您樓上雅座請，品上兩種再看看更喜歡哪種？」

凝洛只是一一端起放茶葉樣品的小碟細細驗看，白露和小滿也看不出什麼門道，便默默地立在她身後看著。

凝洛細看了不少茶葉，直看到角落裡的一碟才將動作放慢下來。

「姑娘好眼力！」那夥計誇讚道：「這是上等的雀舌，這茶湯清亮，香氣高雅，入口順滑，鮮爽回甘，您要不要來點兒嚐嚐？」

凝洛微微點頭。「包上一些。」

她想起前世，大抵是在出水痘痊癒後不久，當今皇上在品過湖州雀舌之後，對雀舌大加讚賞，以至於這種茶還一度取代紫筍成為貢茶。市面上雀舌的價格自然也是水漲船高，一漲再漲。

如今這茶的價格和其他名茶差不多，甚至因為愛喝的人不多還要便宜些，正是囤貨的好時機。

「這個品相的雀舌，你們有多少？」凝洛看那夥計麻利地秤茶包茶，狀似不經意地問了一句。

小夥計頭也沒抬。「姑娘想要多少？實不相瞞，這茶是好茶，只是愛這茶的不多，咱們掌櫃的因愛這茶不小心囤多了貨，可沒少挨東家責備。」

說話間茶已包好，夥計將紙包遞出來，白露忙一面接過，一面付銀子。

「若是姑娘想多要些，或者認識做這行生意打算囤貨的，我可以跟我們掌櫃的商量一下，價錢還可以再低些。」小夥計是個實在人，凝洛才問一句便得他許多回答。

心中有了主意，凝洛便不再繼續逛其他茶市，而是轉回身走來時的路。

她決定籌本錢囤積雀舌，這是她悲慘的前世給她留下的紅利，也是她這輩子能不再受他人左右的絕佳機會，不過苦於沒有本錢……

想起自己房中的那些家當，凝洛不由微微蹙眉。

「姑娘。」白露輕輕拉了凝洛一下。

凝洛回過神疑惑地看向白露，卻見白露和小滿都靠街邊站著，看向前方。

凝洛也望了過去，卻見三五匹馬正帶著人往這邊走來，占了絕大部分街道。她便也朝街邊挪動一下，然後站定等那隊人馬過去。

「你我兄弟多日未見，今日定是要不醉不歸！」男人的聲音低沈渾厚，帶著北方男人特有的豪爽。

凝洛聽得這聲，猛地回首看去。

卻見那騎在高頭大馬上的男人，一身紫袍包裹著強健的昂藏之軀，矜貴豪爽，俊美灑脫，自有一股大將風範。

這正是陸宸——上輩子在她墳前燒了三炷香的男人。

上輩子的陸宸對凝洛來說是陌生的，她只知道他是陸宣的哥哥，隱約記得見過幾次，但並無深刻印象。

但她知道，別看如今他不過是一個四品武將，之後他就因邊境挑起的戰事而上陣殺敵。陸宸不但精於排兵佈陣，在穩定軍心方面也很有一套，他帶過的兵都極為擁護他，軍中擁有很高的威望，幾場漂亮仗打下來，邊境小國俱都聞風喪膽，若是聽聞陸宸主帥，竟有人不戰而降。

陸宸的豐功偉績並不僅限於安邊疆，後來西北叛亂，朝中折損了幾員大將都沒能擋住叛軍向京城的進攻。

眼見叛軍拿下一座又一座的城池，皇上急令戍邊的陸宸召回。當時朝中已人心不穩，甚至有一品大員私下與叛軍暗中勾結。

在這種情形之下，陸宸帶領數千騎鐵軍力挽狂瀾，浴血奮戰幾日叛軍便節節敗退，這才又換取了京城的安寧。

從此陸宸在朝中名聲大振，加官晉爵好不風光，皇上更是對他尤為倚重，一時權傾朝野，風頭無兩。

在凝洛重生為人前的混沌一瞬，前世陸宸的發跡過程如浮光掠影般閃現過眼前，她又想到自己僅剩一縷魂魄時看見的那個挺拔背影，想起他在自己的孤墳前燒過一炷香。

她是怎麼也想不明白，為什麼那個人會出現在自己的墳前。對於上輩子的那個陸宸，自己意味著什麼？

正思忖間，陸宸的馬已經到她跟前。

凝洛抿唇，別過臉去不看他。偏生此時，那駿馬經過時帶起微微的風，將她冪籬上的薄紗掀起。

陸宸回頭打算跟身後的朋友說話，卻剛好看見薄紗掀起時，那冪籬之下柔美而冷漠的一張臉，秋瞳似水，清澈得彷彿山澗泉，清冷遙遠，籠著一層薄薄的霧。

陸宸一怔，也忘記自己方才要做什麼，更不知今夕是何年，竟只是定定地望著凝洛。

恍惚之中，那薄紗已經放下，掩住佳人面容，只見她婀娜的身段猶如弱柳臨風，衣袖處僅露一截皓腕，秀美潔白，猶如上等嫩玉。

絕世容顏再不得見，陸宸悵然若失。

他突然想起自己昔日習武之時，晨間早葉上的一顆露珠，晶瑩剔透，輕輕柔柔地在葉片上微微顫動；又想起夏夜臨窗而讀，忽然一陣清涼的風吹來，夾雜著醉人的花香，沁人心脾。

「陸宸，陸宸！」前方的夥伴等不到他，便停下來喚他。

陸宸總算回過神，又依依不捨地看了那馬下女子一眼，狠狠心一咬牙，這才策馬而去。

凝洛感覺到那陣風終於駛過，這才轉過頭繼續前行。

有冪籬遮著，她雖可以一副若無其事的樣子，可陸宸方才明明打量她好久。

她不記得前世與他有過什麼交集，至少不曾有過今日這般的相遇。

凝洛一路都在想如何能籌得本錢，走到家門口的時候還是一籌莫展。

母親段氏的嫁妝去向，看來是要想辦法先弄清楚了。

凝洛一行人穿過園子回芙蕖院的時候，卻碰到杜氏和凝月在牡丹花圃旁邊的涼亭裡歡喜地談論著什麼。

那涼亭正對著小路，凝洛不好假裝沒看見徑直走過去，猶豫了一下便轉身緩緩走向涼亭。

「母親妳看！」凝月的聲音裡透著愉悅。「這山間的野薔薇，看起來竟比咱們園子裡的牡丹還要嬌豔。」

「山中的水好土好，因此連花都帶著靈氣，園裡種的自然是不能比的。」杜氏看著凝月修剪著手中的花，說完，又看著凝月的動作囑咐。「小心一點。」

凝月抬眼看見凝洛向這邊走來，卻像沒看到一般故意提高些聲音向杜氏道：「母親以後可要常帶我出去，吃廟裡的齋飯，飲山澗的清泉，也能像這花兒一般多點靈氣！」

杜氏笑著點了一下凝月的額頭。「明明是妳貪玩！」

凝洛已經走到亭中，向杜氏施了一禮。「母親。」

杜氏臉上的笑收了收，淡淡地應了一聲。

「不打擾母親和妹妹的雅興，我先告辭了。」凝洛說著便要走。

凝月看凝洛身後的丫鬟拿著冪籬，也聽母親說那位杜嬤嬤沒能攔住凝洛出門的事，不免有氣，便有心要給凝洛難堪。

「凝洛，妳看這花好看嗎？」凝月將修剪好的野薔薇，插到丫鬟放在桌上的白玉瓶裡，往凝洛的方向推了推。

凝洛看著凝月，見她因出外遊玩而興奮地微微發紅的臉，心想，如果自己也是在親生母親膝下長大，現在也會是這種天真爛漫的模樣吧？

她微微一點頭，低低應了一聲。

凝月卻立馬轉向了杜氏。「今天陸家那位姑娘也誇這廟宇外的花開得盛呢！」

杜氏看也不看凝洛，笑著回應凝月道：「那位陸寧可是位貴人！要說咱們此番出去，最幸運的事便是遇到這位貴人！」

凝洛心念一動。她們出門竟遇到了陸寧？這便是與陸家相識的開端？

「我看那陸姑娘長相柔美，性子又好，見了就覺得親切非常，不知她到底是什麼來頭？」凝月懷著自己的心思向杜氏問道。

她一早就看出陸寧穿戴不同尋常，不管是身上的衣料還是髮間的珠釵，都是絕對的上品。以林家的財力倒不是說買不起，只是用在一個十幾歲的姑娘身上，到底是不可能。

她羨慕那樣的姑娘，不自覺就想向她們靠近，只盼著有一天也能嫁個顯貴的人家，能有那樣的穿戴。

凝洛聽了凝月的話，唇邊掀起嘲諷的笑來。

陸寧性子好？凝月怕是認錯了人吧？

這時杜氏聽凝月問起陸寧的來歷，便耐心解答起來。「陸姑娘自然是出身顯貴，陸家是有名望的大家族。陸寧叔伯那一輩的親戚，有許多在京城當官的。咱們若能和陸寧交好，以後對咱家大有益處。」

杜氏莫名帶了一分自得，就好像談的是自己女兒似的。她一向對比林家富貴或者高官的人家高看一眼，如今的陸家地位雖比林家高，可她表現得卻像陸家是多麼了不得的大戶一樣。

凝洛聽出杜氏有心逢迎，又聽她提到陸宣，心中不由冷笑。

妳們若想巴結盡管巴結，只是這輩子別把我送過去巴結就行。

凝月聽著杜氏的話連連點頭，她常聽杜氏講，像他們這種小門小戶，若要向上爬就得不斷結識比他們高貴的人，適當的時候總要放下些身段，日後才能換來更大的收益。如今聽了杜氏說陸家如何尊貴，她便暗暗決心要與陸寧走動起來，只是一轉頭卻看到了凝洛的表情。

凝月只見凝洛似是一臉玩味，眉宇間盡是不屑，嘴邊甚至還帶了一絲若有若無的嘲諷。

這副表情讓凝月心頭火起，她和母親為了林家的地位不惜低頭四處結交，她凝洛憑什麼瞧不起她們！

再瞥見凝洛的丫鬟正拿著冪籬在亭外站著，凝月言笑間便不懷好意起來。「凝洛今天也出去啦？可有什麼見聞？」

不待凝洛反應，凝月又接著笑道：「該不會嚇到人了吧？畢竟妳現在這麼醜。」

凝洛臉上的痂已經脫落得差不多，現在看過去是有不少顏色深淺不一的印子，只是這輩子的凝洛對這個階段的自己已經毫不在意。

白露在亭外聽得真切，卻礙於凝月的身分不好頂撞。

凝洛冷冷一笑。「如今我臉上是還有些痕跡，可到底底子好，眉毛眼睛、鼻子嘴巴都是美的，所以還是眉目如畫，明眸皓齒。

「不像妹妹妳……」凝洛嫣然一笑。「除了臉上沒疤，其他一無是處。」

凝月被噎得說不出話，呆呆地看著凝洛，完全無法想像，她怎麼可以說出這種話！這是對著自己的親妹妹，她竟然這麼說話？

凝月猛地起身，憤然瞪著凝洛，沒想到瞪了半天，凝洛也不看她，凝月哇的一聲，哭著回房而去。

杜氏方才也想幫著女兒說句什麼，卻到底覺得不妥，此時見凝月跑開，忙起身喚了一聲「月兒」，可凝月頭也不回地跑遠。

杜氏既心疼又憤恨，氣急敗壞地道：「妳們如今都大了，卻越發拌起嘴來！這是妳親妹妹，妳竟然這麼說她，妳有點良心沒有？我養妳這麼大，就是讓妳這麼說她的？」

凝洛看著凝月哭啼的樣子，再看杜氏氣惱心疼，自己心裡只覺得痛快。

她不管杜氏怎麼說，左右她不在乎這對母女。

杜氏說了她半晌，見她竟然絲毫不在意的樣子，恨道：「等妳父親回來，我都和他說去！」

隨便她說吧！反正凝洛是不在意的，當下起身，逕自回芙蕖院。

第四章　反擊

回房後，凝洛想了想自己的掙錢大事，又鋪上紙算了半天囤茶葉需要多少本錢，囤到什麼日子出手能賺多少。最後又盤算了一下賺到錢怎麼用，想了半日，問題又回到最初的本金，不免犯難。

恰好這時白露來請，說是下人已把飯菜都布好了。

凝洛坐至飯桌前，卻在看到菜色時神情一頓。

桌上的飯菜確實屬清淡不錯，只是那用菜卻有問題。

芹菜、萵苣，甚至面前的這一小碗紅豆粥，都彰顯著背後之人的別有用心。

凝洛生水痘之初，家裡請大夫來診脈，斷定是出水痘之後，大夫說了很多如何照顧護理，和飲食上需要注意的問題。

當時凝洛還是那個大家眼中性子綿軟的人，她也自覺房中的丫鬟們不夠盡心，於是將大夫說的話親自一一記在心裡。

那位大夫說過，在水痘的這些印痕沒有完全消退之前，有些食物最好不要吃，吃多了那些印痕也許再也消不掉了。而面前這桌菜，幾乎將那些禁忌做全了。

小滿看凝洛只冷冷地看著飯菜不動筷子，不由試探地喊了一聲。「姑娘？」

凝洛回過神，卻站起身來。「去慈心院。」

小滿一愣，還未反應過來，白露已經回房拿了披風匆匆跟上去。

慈心院是杜氏的院子，凝洛依規矩每日都要過去請安，只是最近因為生水痘，杜氏便將她的晨昏定省給免了。

凝洛不緊不慢地順著遊廊走，心裡已經將今日的事看了個明白。

慈心院的人見凝洛前來也未加阻攔，畢竟從前大小姐是每日都過來請安，她會出現在這裡是再尋常不過的事情。

只是之前攔著凝洛不讓出門的杜嬤嬤顯然不這麼認為。

「大小姐，」杜嬤嬤站在凝洛面前。「您怎麼這個時辰過來了？夫人正用飯呢，若是沒什麼要緊的，就過會兒再來吧！」

凝洛打量她一眼，看著門口道：「怎麼，又是母親讓妳在這裡攔我的嗎？」

杜嬤嬤雖然仗著在杜氏身邊多年有些目中無人，但這種在主子眼皮子底下，打著主子的旗號辦什麼事的膽量還是不夠的。

萬一這大小姐衝進房與杜氏對質，杜氏絕對不會護著她的。此舉不過是她有心給凝洛難堪罷了。

「夫人倒是沒這麼說，」這話一出，杜嬤嬤的氣勢就矮了一截。「只是現在夫人正在用飯，您都這麼大了，又是為人子女的，總該懂事了。」

「什麼時候輪到妳說我們家姑娘了！」白露揚聲斥道，橫在杜嬤嬤面前，柳眉倒豎。

「怎麼哪裡都有妳這個丫頭片子，我跟姑娘說話有妳什麼份兒！」杜嬤嬤自是不怕她，也提高聲音。

「妳又是個什麼身分跟我們姑娘說話！」白露捲起袖子，一副要揍人的樣子。「咱們都是伺候主子的，誰比誰高貴了？妳就配跟我說話，怎麼了？」

「誰在外面吵吵嚷嚷的？」杜氏的聲音從屋裡傳出來，帶了一種故作的威嚴。「還有沒有一點規矩！」

話音剛落，杜氏身邊的大丫鬟立春一拉門走了出來。

「原來是大小姐。」立春笑著迎上來。「怎麼不進屋，站在院子裡說起話來？」

杜氏往常也見過些世面，見那些世家太太們身旁的大丫鬟，比小門小戶的小姐還要嬌貴知禮，心中著實豔羨不已。她便留意著，也想挑個出彩的帶在身邊，以後出席個什麼場合也能長長臉。

因此杜氏身旁的丫鬟雖多，大丫鬟卻換了好幾個，並且杜氏為了好記，抬誰做大丫鬟誰就叫「立春」，幾年下來房中好幾個丫鬟被叫過這個名字，下人們在背後戲稱這慈心院叫「春色滿園」。

如今這個立春，已在大丫鬟位置上坐了一年半，為人處世頗為得體，因此深得杜氏喜愛，想來以後這慈心院裡的下人們便要看她的眼色行事了。

眼下她聽見院裡的動靜便走出來打圓場，白露卻是不依。「我們倒想進屋呢，只是不想立春姊姊這邊的規矩越發大起來，竟派了個嬤嬤在門口守著！」

立春見白露將戰火燒到她身上倒也不惱，只笑著安撫白露道：「沒有的事，二位小姐到咱們夫人這邊都是來去自如，杜嬤嬤一時糊塗，白露妹妹看在她一把年紀的分上，便不要與她計較了！」

說完，立春站到門旁。「姑娘裡面請。」

凝洛便看也不看那杜嬤嬤，徑直走進去了。

白露卻氣未消似地向杜嬤嬤冷哼一聲，才跟著凝洛進屋，立春則向杜嬤嬤寬慰一笑才緊跟進去。

杜嬤嬤只覺心口發悶，從前她是杜氏身邊倚重的老人，如今立春那丫頭越發爬到她頭上去了！還有那位大小姐，從前明明是任誰搓圓捏扁，如今怎麼也長起刺兒來？

杜嬤嬤越想越氣，卻又無可奈何，最後恨恨地朝地上啐了一口，才回房去了。

凝洛進到屋中，見杜氏和凝月正一起用飯，一副母慈女孝的樣子。

杜氏方才已經聽到屋外的爭吵聲，如今見凝洛走進來卻像沒事人一樣招呼道：「怎這個時辰過來了？用飯沒有？坐下一起吃吧！」

「立春，添副碗筷。」杜氏不給凝洛說話的機會，她已經看出凝洛面色不善，先熱情招呼一下，不管凝洛打算說什麼，先讓她不好意思開口再說。

立春聞聲忙去取，凝洛卻站著不動。「母親，這話我原不想說，怕傷了咱們母女的和氣。」

杜氏聞言，就覺得凝洛此番前來定是難纏，便放下筷子嚴肅地端坐著繼續聽。

「可今天這事若是由別人的話傳出去，只怕有損母親的名聲，說您趁父親不在家加害於我。」凝洛沈聲說道。

「這……」杜氏不知底細，也是一驚。「這話又從何說起？凝洛妳也大了，不要無理取鬧！」

凝月從凝洛進屋便一直沒吱聲，聽到這裡也忍不住出聲維護杜氏。「凝洛妳不要欺負母親好性子，母親正用飯，妳進來就一通沒頭沒尾的指責，妳算哪門子大家閨秀？」

凝洛根本不理凝月，只向杜氏道：「如今父親不在家，我一個閨閣女兒，遭人毒害，也只好去見姑姑，請她為我做主了，若是再放任下去，豈不是連命都沒有了？」

杜氏自年輕時，就覺得凝洛更得姑姑的偏愛，只是對方家世好，因此杜氏隱忍著，如今凝洛竟要去那裡告狀，她再也不能坐視不理了。

「妳這孩子！」杜氏忙責備她。「咱們家的事，妳找妳姑姑做什麼！」

凝月忍不住插嘴。「即使是找姑姑，也沒有妳這般頂撞母親的道理！」

「凝月！」杜氏忍不住斥責了凝月一聲，這個女兒護著她不假，只是護不到點子上也真讓人頭疼。

「凝洛，」杜氏對凝洛放緩語氣，起身從飯桌旁走到堂中的椅子入座。「有什麼事坐下來說，若真是受了委屈，母親定會為妳做主！」

凝月見狀癟了癟嘴，將碗筷一推，起身走到杜氏身旁站著。

凝洛轉向她們二人，仍是不坐。「我也不想來打擾母親用飯，只是今晚送到芙蕖院的飯菜明顯包藏了害人之心，所以不得不來問個究竟。」

杜氏覺得旁邊的凝月突然雙手握在身前，不由眉頭一皺，向凝洛問道：「這話怎麼講？」

白露這一路上也將凝洛此行的目的猜了個七七八八，明明坐到飯桌前還好好的，只看了一眼桌上的飯菜就變了臉色，顯然問題出在飯菜上。

她看那飯菜倒是平常，凝洛如今無非是因為生病得注意飲食，定然是那菜色不適合她。她又努力回想了半天，大夫當日為凝洛診病時所說的話，倒真給她想起來一言半語。

「回夫人，」白露聽杜氏問起，便忙答話。「姑娘的病如今雖快好了，卻是更加需要小心注意的時候。」

凝洛聽白露開口便不再說什麼，有些時候，話不應該由她說出口。前世無人為她說話，她也不曾想過為自己出頭，這輩子她決心強硬起來，有人會上趕著幫她。

「我還記得，」白露繼續說道：「大夫當日說過，這些水痘的印痕未消之前，有些食物是不能吃的，不然一見陽光那些印子就會變黑消不掉了。可今晚給姑娘送過去的吃食，卻樣樣犯了禁忌。」

白露講完，杜氏便向凝洛求證。「可是如此？」

凝洛點點頭。「確實如此。」

杜氏剛想開口，眼角餘光瞥見凝月方才握住的手已經絞在一起，話到嘴邊便變了個方向。「許是廚房不清楚這些，趕巧了吧？」

「是不是趕巧，我可以請姑姑來評評理。」凝洛故意抬出林氏。「便是趕巧，哪能樣樣犯忌？何況，這院子裡的人有幾個沒生過水痘？便是沒生過水痘，還沒見過別人生水痘？不知道生水痘時能吃什麼、不能吃什麼？」

凝洛連番質問之後，又放慢了語調。「若是母親有心包庇，那我就沒什麼好說的了。」

杜氏只覺得凝洛的話錐心，忙道：「母親說了為妳做主，就定然不會讓妳受委屈！」

旁邊的凝月見此，面上有了瑟縮之意，擔憂地看著自己母親，頗為不安。

「立春，」杜氏卻根本沒注意到女兒的反應。「去將廚房裡今晚當值的人都叫來！」

立春聞聲便將這事安排給院子裡的人去做，然後又回到杜氏身後立著。

杜氏一回頭，看到凝月在她身旁好像大氣也不敢出，當下頓時明白了。她心裡又疼又氣，疼的是女兒還要繼續擔心受怕下去，氣的是這麼大的人用這種小孩子把戲用便用了，最後還要她來收拾善後，該說這孩子蠢，還是說這孩子太有心思？

杜氏憋屈又難受，被凝洛問罪到臉上，無奈只能強作不知，向凝洛道：「妳便坐下吧，難不成待會兒要跟下人們並排站著？」

白露上前攙扶凝洛坐下，立春覺得屋中氣氛緊張，便向門口的小丫鬟使了個眼色，讓她們上茶。

杜氏又側了側頭。「月兒，妳也去坐。」

凝月咬了咬下唇，慢慢走到凝洛對面的椅子上入座。

小丫鬟端了茶進來，小心翼翼地給面色各異的各位主子上茶，一點兒動靜也不敢發出來。

唯有凝洛，悠閒地端起茶杯，掀起蓋子撇了兩下浮葉，又湊到鼻端輕嗅了一下。

凝月沒有正眼看凝洛，只半垂著視線掃到一些，只見凝洛嘴邊突然綻出一個笑來。

這一笑，她卻頓時一驚。

「我並未用飯，也不適宜飲茶。」凝洛將茶杯放下，看向杜氏。「只是母親這房中的茶聞起來清香甘冽，教人心馳神往，待會兒我少不了要向母親討一些了。」

杜氏心裡難受，此時卻勉強笑笑，不得不打起精神應對。「好，過會兒讓立春給妳多包一些。」

停了停，杜氏又扯起笑說道：「你們都這樣，總覺得我房裡的東西都是好的，殊不知每每有了好東西，我和你們父親都是緊著你們姊弟三個分的。」

正說著，廚房當值的人便都到了。

林家的主子並不多，林成川出門去之後，杜氏又下令飯菜從簡，因此每日在廚房裡做飯的也不過三五個廚娘。

這幾個廚娘做完了飯，就讓做粗活的下人收拾廚房，她們幾個則躲在一旁吃酒，卻不想夫人房裡的人突然來喊，幾個人也不知哪裡捅了婁子，一起忐忑地過來了。

杜氏看著堂下立著的幾個人，都是她的親信或者親信的婆娘，不然也不敢將廚房這樣重要的地方交予她們。

如今凝洛來興師問罪，她少不得要拿其中一個修理一番，只是……

「妳們都抬起頭來！」杜氏低喝一聲，唯有與她們對上眼神，才能確保不會有人說錯話。

凝月雖然坐著，可手上卻沒閒著，拿了一方真絲繡帕在指間繞啊繞的，眼神在杜氏和廚娘間來回飄。

廚娘們聞聲抬頭看向杜氏，杜氏便緊盯著她們道：「待會兒我問妳們幾個問題，妳們想好了都給我如實回答！」

杜氏的眼神中帶了威脅的意味，說的話也古怪，若是真想囑咐廚娘如實作答，又何必加一句「妳們想好了」。

凝洛意味深長地看了杜氏一眼，沒有說話。

「送往大小姐房裡的飯菜，是誰做的？」杜氏拋出第一個問題。

幾個廚娘互相看了一眼，卻都沒有說話。

杜氏靜等了片刻，得不到回答讓她大為光火。「都聾了嗎？我在問妳們話！」

「杜保家的，妳說！」

杜氏乾脆點了其中一名廚娘，杜保是杜氏娘家那邊的遠房姪子，前兩年謀生求到她頭上，她便將這姪子夫婦都安排在林府當差。

杜保家的看杜氏這副架勢，知道這事怎麼也躲不過去了，只是對於她要供出的那個人，卻有些沒底。

「回夫人話，」杜保家的說著，偷偷在身後擰了一個廚娘一把。「大小姐的飯菜是周廚娘做的。」

周廚娘被杜保家掐得一個激靈，慌亂間眼神亂飄，飄過杜氏又飄到凝月臉上，凝月下意識地挺直了背，手上的絲帕也不繞了，整個人像被定住般緊盯著周廚娘的臉色。

周廚娘定了定心神，終於將眼神從凝月臉上移開，飄到自己腳下所站的地板。

「是我做的，夫人。」她低頭承認。

不得不承認，是她做得沒錯，可她卻不能說是凝月讓她做的，向夫人舉報她的親生女兒，就算能洗清謀害大小姐的罪名，但她在這林家也會待不下去。

杜氏鬆了一口氣，凝月手上的帕子又緩緩地繞起來。

杜氏看向凝洛，凝洛卻像誰也沒看一般只向著面前的一處出神，彷彿周圍的一切都與她無關，又彷彿帶了一絲冷笑在旁觀，一時猜不透她的心思。

「妳個喪天良的狗東西！」杜氏有些心虛，不知道凝洛是不是猜到了什麼，於是便指著周廚娘破口大罵。「誰給妳吃了熊心豹子膽，做那種飯菜給姑娘吃！」

周廚娘見杜氏發這樣大的火，到底心有不甘，大著膽子問了一句：「飯……飯菜怎麼了？」

飯菜怎麼了？又不是她要做的，是有人讓她那樣做的。

周廚娘又看了一眼凝月，凝月又被她這眼神給定住了，難不成這廚娘打算咬她出來？

杜氏被這一問心中更是火大，隨手從桌上拿起茶杯向周廚娘丟過去。「妳長了一把年紀就只會狐媚男人是不是！大小姐生水痘能吃什麼、不能吃什麼，妳真不知道？」

周廚娘的年紀與杜氏相仿，雖一身粗布衣又常在廚房裡薰蒸，臉上卻是白淨的，一雙眼睛又生得比別人好看，況且又是個寡婦，其他廚娘背後沒少編排她。

杜氏也從杜保家的那裡聽過周廚娘的一些流言蜚語，雖然當時她只當是廚娘們嫉妒周廚娘的樣貌，可今日因為擔心周廚娘將凝月供出來，便不由得口不擇言起來，又有些沉不住氣，拿起茶杯兜頭往周廚娘扔過去。

周廚娘下意識地躲閃一下，躲過了茶杯沒有躲過茶水，一杯茶全灑在她頭上，滴滴答答地順著臉頰往下流，髮間甚至還有幾片茶葉。

周廚娘雖然只是個廚娘，但何曾遭過這般屈辱，一時渾身發抖，臉色慘白，委屈得眼淚直往下掉。

凝洛卻好像突然從神遊太虛中回過神來，淡聲道：「母親小心別氣壞了身子。」她起身輕移到周廚娘面前，卻只是站住打量對方。

周廚娘不敢直視凝洛，只微微低著頭，瑟瑟發抖，任髮間的茶水滴下來。

凝洛一笑，從周廚娘頭髮上拈起一片茶葉。「這是母親房裡的好茶，妳得謝母親賞茶才是。」

周廚娘慌亂地抬頭看向凝洛，她從前只聽說大小姐不爭不搶、與人為善，今日一見，只覺得對方實在是讓人琢磨不透。

「周廚娘，」凝洛的聲音聽起來輕輕柔柔。「我只問妳，送到我房間的飯菜，可有人指使妳去做？」

凝洛這麼一問，現場的氣氛頓時僵住。

凝月懦弱地縮了縮脖子，求助地看向杜氏，杜氏皺起了眉頭。

是凝月做的，但是這件事絕對不能揭露出來，絕對不能讓人知道。她是後娘，是要名聲的。

精明的立春站在杜氏身旁，這時突然插嘴道：「大小姐這話怎麼說的，聽起來卻像是誘著周廚娘拉誰墊背似的！」
凝洛挑眉。「母親房中的丫鬟，也忒沒規矩了，這是妳說話的時候嗎？」
杜氏一聽，氣得罵道：「什麼丫頭，給我出去！」
立春幫主家說話，卻被呵斥，也是一愣，不甘心地看了一眼凝洛，到底是忍住氣，出去了。
一時杜氏又對著周廚娘痛罵。「有什麼妳說什麼，是誰讓妳幹的，妳倒是說出來，任憑是誰，敢在府裡幹這種勾當，我要她好看！」
周姨娘瑟縮，猶豫。
凝洛淡聲道：「說吧，妳說對了，我可以饒妳，妳若說錯一個字，我直接要妳命。」
只是清清淡淡的一句話而已，周廚娘陡然看向凝洛，卻見凝洛眼神幽冷，倒像是看透了她的心思。她一狠心，痛聲道：「是、是杜保家的！」
這話一出，杜氏愣了下，之後鬆了口氣。
凝月微驚之後，咬咬唇，身體總算放鬆下來。
唯獨那杜保家的頓時跳起來。「冤枉，冤枉，我怎麼可能幹出——」
「閉嘴！」見杜保家的還要狡辯，然而杜氏卻冷笑。「既然周廚娘已經招供了，那自然是妳了，妳還狡辯什麼。」

杜保家的一呆，望向杜氏，看著杜氏那眼神，頓時明白了。

往日她是幫著杜氏幹了許多事，一些不上檯面的都是她幫著幹，不承想，這才幾日功夫，竟然要她來揹這黑鍋？可想想自己處境，她只能咬牙認了。

「妳竟然敢幹出害姑娘的事，枉我往日還曾信妳！」杜氏斥責道：「來人，拉出去，家法處置了，再趕出去！」

杜保家的本以為自己幫大小姐定罪，總少不了自己好處，沒想到轉眼就被趕出去。她大驚，待要爭辯，卻是已經來不及，就被拉出去痛打一通，趕出去了。

這杜保家的心裡恨極，咬牙切齒，想著總有一日要想辦法討回這公道！

這邊杜氏犧牲了一個親信，總算是保住了凝月，心裡自然是無奈又難受，想著杜保家的知道自己許多隱私，總要想辦法封住她的口，不然終究是個禍害。

此事告一段落後，杜氏回頭看凝月，見她沒心沒肺的，忍不住敲打她幾句。「妳也老大不小了，做什麼事總該想想退路後果。」

「母親在說什麼我聽不懂。」

「還跟我裝傻？」杜氏擰眉。「妳當我看不出來？要不是那廚娘還有個心眼兒，要不是立春幫妳，要不是我拿了杜保家的頂罪，妳覺得今天能那麼好收場？妳以為她能輕易放過妳？」

她是折損了一員幹將，才保住女兒的名聲啊，杜氏想想就心痛！

凝月噘著嘴嘟囔，不服氣道：「她又沒吃，誰也沒真害成她！再說，誰也沒證據證明我真跟廚娘說什麼了呀！不過是件無頭公案，能奈我何？」

「妳呀、妳呀！」杜氏氣得直拿手指戳凝月的腦門。「能不能看得長遠些！恨死我了，我怎麼生了妳這麼個女兒！」

「有什麼好說的！」凝月嘴硬。「這不是也沒事嗎，不是輕易糊弄過去了？」

杜氏想想氣恨，又想起自己心中的打算，終究忍住氣，壓低了聲音道：「她的那張臉還是很有價值的，妳實在不該做這種事，差點壞了我的打算。」

「有什麼價值？」凝月不解。「便是以後說親，有她比著，人家也很難瞧上我吧？」

所以她讓廚娘做那樣的飯菜，不單單是因為和凝洛為樣貌的事吵了一架，還因為她明顯覺察到凝洛對她終身大事的威脅。

「傻孩子！」杜氏搖頭。「她都沒有生母，好人家誰會看上她？便是看上了，誰家願意讓這樣一個女子做當家主母？」

凝月還是不懂，凝洛嫁不好，又跟長遠打算有什麼關係。

「這城中如許多的貴人，若是靠妳父親或咱們二人去交際，很難攀得上密切的關係。」杜氏耐心地與凝月解釋。「可若是能將她送過去，我們和貴人不就攀上了親戚嘛！」

杜氏這把如意算盤，是這兩年開始打的。原本她見凝洛出落得越來越動人，越來越像她死去的那個閨密，每每看見都心煩得很。可有一天，她突然就想通了，凝洛這樣軟的性子、這樣的絕色，實在是上天賜予她的寶物。

她可以拿這寶物當敲門磚，帶領著凝月向上爬。

只是……杜氏想到最近凝洛似乎與從前不同，只怕是女孩子大了有了主意，須得快些打算了。

凝洛回了芙蕖院，新做的飯菜很快就送到了，吳婆子一面擺飯一面念叨。「真沒見過這樣厲害的姑娘，也是咱們夫人好心好性，比對自己親生的還好！」

凝洛正在不遠處被小滿服侍著淨手，吳婆子的聲音雖然低，但已足夠她聽清楚。

小滿不安地看了凝洛一眼，顯然是不知要如何應對。

凝洛蹙眉，原以為方才的一場敲山震虎，能讓她過幾天安生日子，看來有人就認準了她是顆軟柿子。當下只淡淡地道：「我倒是忘記了還有妳，我的飲食日常經妳的手的，如今出了事，妳必逃不了干係，去回稟夫人，就說這個婆子沒法用了，還是打發出去。」

打發出去？吳婆子頓時瞪大了眼睛！

往日罰是罰，但是打發出去，這是很少有的啊！

當下自有人去回稟了杜氏，杜氏此時正惱著，聽著這話，什麼吳婆子，哪裡記在心上，隨口就應了打發出去。「打發幾個人，讓她出出氣罷了！省得為這事繼續糾纏，倒是糾纏到妳頭上！」

於是消息傳來，夫人下令把吳婆子打發出去。

吳婆子前一刻鐘還在倚老賣老，突然間就被打發出去，一時真是晴天霹靂，撲通跪下，磕頭求饒，各種哭求凝洛。

凝洛自是不理，任憑這吳婆子哭天喊地要死要活，最後這吳婆子跪在院子裡足足一整天，人都昏厥了過去，凝洛才勉強鬆口，說是可以讓她留下，不過從此後，做些粗使灑掃的活兒，且是再也不能管飯食了。

吳婆子經此一事，唯恐被趕出去，自是戰戰兢兢、小心翼翼，絲毫不敢多說，只能是悶著頭去灑掃。

這吳婆子昔日管事，也得罪過一些人，如今驟然成了粗使灑掃的婆子，自然是被一些丫鬟婆子欺負，日子過得好不淒慘。

懲戒了這吳婆子，滿府裡的人都知道，你惹誰都可以，就是別惹大小姐。

大小姐，那不是省油的燈。

凝洛對此倒是沒太在意，身邊這些礙眼的人，自然是要一一懲戒，但是她如今更在意的是，怎樣才能拿到第一筆銀子呢？

第五章　還玉膏

這一日，凝洛正在收拾自己的書，便有杜氏房裡的丫鬟來請，說是孫家來人了，讓凝洛過去。

凝洛不記得前世有這樣的事，一時猜不出姑姑家來的是什麼人、為的什麼事，當下便趕過去。

路過園子的時候，看見出塵似乎拿著什麼書在亭子裡轉，遠遠地看見她過來，怯生生地望著她，眸中似有渴望。但是待到她招呼他過來的時候，他卻一個轉身，跑了。

凝洛心裡掛著孫家的事，便由他去了。

到了慈心院，杜氏和凝月都在，正陪著孫家過來的人說話，凝洛望過去，卻看到了姑姑身邊的李嬤嬤。

這位嬤嬤是孫家的老嬤嬤了，一直跟在姑姑身邊，頗受器重。

凝洛不免有些疑惑，到底是何事，煩勞姑姑身邊這位老嬤嬤特意跑一趟？

李嬤嬤一直在孫家幫著姑姑打理各種家事，因此杜氏母女也都高看她一眼，請她坐在賓位上，又奉上好的點心和茶水。

向杜氏請過安，凝洛又向李嬤嬤行禮，李嬤嬤忙起身去攙。「使不得、使不得！」

二人攙扶著站好，李嬤嬤又細細地上下打量凝洛一番。

「難怪夫人成天念叨，姑娘如今出落得越發教人移不開眼了！」李嬤嬤笑著誇讚道。

凝月臉上閃過一絲不快，杜氏的笑也僵了僵，才又笑道：「凝洛，快請李嬤嬤坐下說話。」

「李嬤嬤快請！」

「姑娘一起坐。」說著，李嬤嬤就拉著凝洛坐在她身旁的椅子上。

「姑娘最近可好？夫人一直惦記著姑娘，可家中一大攤子事離不了她，前幾日少爺回去說姑娘病了，夫人一直掛心著，卻不得空過來看看。」李嬤嬤拉著凝洛絮絮叨叨地說。

杜氏陪著笑插話。「不過是生水痘，小心養上幾日也便好了，嬤嬤妳看，凝洛這不就好了？」

李嬤嬤卻看著凝洛認真道：「雖說這水痘幾乎人人都生，可也是大意不得的，尤其是姑娘這種年紀大些才生水痘的，更是要比幼童來得凶險。」

「是呢，咱們家也是拿姑娘的病當頭等大事來待，不敢有半分大意呢！」杜氏生怕凝洛說出什麼不合時宜的話，李嬤嬤再回去一學舌，她在林家那位姑奶奶面前可不好做人了。

李嬤嬤總算接了杜氏一句話。「林夫人有心了。」

杜氏聽了忙又笑著道：「孩子病了，當母親的心裡最難過了。」

凝月本來見李嬤嬤只關注凝洛，心中有些不快，如今也忍不住替杜氏說好話。「那幾日母親惦記著姊姊，吃不下睡不好，人都瘦了一圈。」

凝洛看著不斷往自己臉上貼金的母女二人沒有說話，上次以飯菜的事威脅杜氏說要找姑姑告狀，不過是逼著杜氏查明那事，如今卻不好向一個孫府的下人吐露什麼。

李嬤嬤也不知是有心還是無意，聽了凝月的話，又仔細打量杜氏兩眼，才點著頭說道：「那林夫人之前是有點富態了！」

這話一出，凝洛淡淡地掃了杜氏一眼，卻見杜氏的臉上就像開了脂粉鋪，紅一片紫一片的，好一會兒才恢復正常臉色。

凝月也被李嬤嬤的這句話搞得不知怎麼接話，杜氏這兩年最忌諱人家說她胖，雖然在她看來，圓潤才是富家太太應有的模樣，可那些真正的富家太太卻沒幾個像她這般腰寬背厚的。

凝月方才為了誇杜氏說她操心得都瘦了，可杜氏滿面紅光、體態豐腴，實在不像是為凝洛憂心過的樣子。

李嬤嬤說完那句也沒注意各人反應，又向著凝洛面上細細看了，才說道：「是都好了，只是這印子也須得小心對待。」說著，李嬤嬤便從懷中摸出一只精巧的瓷瓶。「這是夫人給姑娘的還玉膏，姑娘每日抹上兩次，不消三五日這些印痕便都沒有了。」

杜氏和凝月在一旁看得眼都直了，恨不能從凝洛手中搶過來，看看那還玉膏長什麼樣子。

凝洛接了瓷瓶又站起身向李嬤嬤施禮。「還請嬤嬤代凝洛向姑姑道謝。」

「不必多禮。」李嬤嬤笑著擺手，又伸手拉凝洛坐下。

「孫夫人總是能弄到這些我們尋常人家見不到的玩意兒……」杜氏眼神直盯著凝洛手中的瓷瓶。「就……這一瓶嗎？」

她也很想要一瓶，那可是宮中娘娘們都用的還玉膏啊！

凝月的眼神跟杜氏如出一轍，都眼巴巴地看著那一小瓶膏，心裡想要得很。

李嬤嬤臉色變了變。「去年有位娘娘托人在宮外買，花了一筆大錢才尋到小半瓶。」

「咱家夫人給姑娘的這瓶，可是滿滿的。」李嬤嬤看了杜氏那副樣子心中不快。

這舅太太也過於貪心了！

坐著閒聊了幾句，李嬤嬤便要離開，杜氏自是再三挽留，李嬤嬤只說夫人等著她回去覆命，就離去了。

送走李嬤嬤，杜氏又看向凝洛，卻不知她什麼時候收起那還玉膏，眼下正兩手空空的。

「母親，沒什麼事我便回去了。」凝洛向她告辭。

「哦……」杜氏猶豫了一下。「回吧……」

凝洛聞言轉身便走，凝月卻有些急，拉住杜氏的衣袖搖了兩下。

杜氏卻還沒想好怎麼開口，凝月一急便朝凝洛喊道：「凝洛！」

凝洛腳下一頓，回頭問：「什麼？」

凝月也不知怎麼說，她總不能說，妳分我些還玉膏吧？

「呃……母親有話跟妳說。」凝月將杜氏推到前線。

杜氏不滿地看了凝月一眼，好在她已想好了要說什麼。

「母親還有何吩咐？」凝洛又轉向杜氏。

她倒要看看，這對母女要演一齣什麼戲。

杜氏笑著上前一步。「李嬤嬤說了，宮中的娘娘也只得了小半瓶。」

言外之意，妳也留小半瓶就夠了。

凝洛卻佯裝絲毫沒有聽懂她的暗示，頷首道：「是，姑姑真有法子，對咱們又大方，日後我會好好謝謝姑姑的。」

當下也不給那母女說話的機會，凝洛轉身便揚長而去。

「這個丫頭……」杜氏看著凝洛的背影直咬牙。「白養了十幾年！」

凝月也嫉恨地看著凝洛，口中卻向杜氏抱怨。「妳就該跟她直接要！」

「要？」杜氏忍不住斜了女兒一眼。「怎麼要？那是妳姑姑因為她生水痘給她的，妳讓我腆著老臉怎麼張口？」

「姑姑也真是的！」凝月從旁邊的灌木叢掰下一截枝條，在手中狠狠地揉捏撕碎。「怎麼也不想想，她可不只有一個姪女！」

杜氏也很眼饞那還玉膏，嫉妒使她也埋怨起林家姑姑來。「她就妳父親這麼一個兄弟，對我好一點有什麼壞處？我可是你們老林家的臉面！」

母女二人就這麼妳一言我一語地將凝洛姑姑的不懂事數落了半天，這才不甘心地各回各房了。

凝洛回房命白露拿了竹籤，從瓷瓶中挑出些還玉膏抹在臉上、身上的印痕，她前世就知道這是好東西，只可惜前世的她只聽說過卻沒見過，更不要說親自抹在臉上了。

只抹了一日，那些深深淺淺的印子就都淡了，惹得白露一面給她抹著後背，一面感嘆這藥膏的神奇。

「姑娘，我覺得這手指都細滑了不少呢！」白露整個人都透著興奮。

「讓我也給姑娘抹一下吧！」小滿在一旁眼巴巴地看了半天，在聽白露那樣說了之後終於也忍不住開口了。

如今她膽子也大了一些，因為她發現大小姐雖然性子變了，可從不會無理取鬧，每一次懲治別人都是因為別人有錯在先，這樣的話，只要她做事本分，大小姐應該不會無緣無故責罰她。

白露聽了，伸著竹籤朝小滿指尖上抹了一點。「輕輕抹，每個印子都抹上，輕輕揉一下就滲入皮膚了。」

小滿向著凝洛肩上的一個印子抹過去，驚喜地說道：「還很香呢！」

白露笑著嫌棄她。「瞧妳那副沒見過世面的樣子！」

凝洛看了看手中的瓷瓶。「妳也莫要笑她，昨日妳也大呼小叫半天呢！」

白露看小滿將凝洛肩上也抹好之後，便忙拿過衣裳為凝洛穿上。「姑娘別笑話我們大呼小叫，我可聽說了，這樣的好東西可不是有錢便能買到的，我和小滿這樣的丫鬟能見到聞到摸到，已經是福氣了！」

凝洛沒有說話，她只是突然想起前世的自己，想起身旁那些面目模糊的丫鬟們，她們應該不會覺得跟著她是福氣吧？

剛用過晚飯，桌上的殘羹剩飯甚至還沒來得及撤，慈心院就有人來喊。

白露一面為凝洛更衣，一面抱怨。「也不知是什麼事，生病的那幾日也不見有人聞有人問，現在沒事了就隨意折騰人呢！」

已經到了掌燈時分，凝洛走在園子裡想起近日種種，竟生出些恍若隔世的感覺。為保清白跳了河的凝洛，回到了十四歲未經世事的自己身上，這一世又會有怎樣的因，結怎樣的果？

走到慈心院，杜氏房裡已上了茶，見凝洛過來請安，也只不鹹不淡地讓她入座。

「今日收到妳父親的家書，」杜氏呷了一口茶，倒是開門見山。「說是這幾日就要回來了。」

凝洛想起父親，想起前世，她想知道自己在被杜氏母女送到陸宣身邊的那兩年，她的父親在做什麼，或者，做了什麼。可她想不起來，在前世的成長經歷中，父親更像是一個符號，只是點綴在她的生命中，沒有陪伴過她，也不記得曾經教導過她什麼。

「太好了。」凝洛接著杜氏的話說，可從她的語氣平穩表情平淡，一點兒也看不出「好」在哪裡。

杜氏見怪不怪，這就是她閨密的女兒，膽怯懦弱，高興不敢笑，傷心不敢哭，聽見林成川要回來情緒也毫無波動。

「妳父親為了這個家也不容易，」杜氏接著說道：「一個芝麻大的官還要出門辦差，在外面吃不好、睡不好，還得掛心著家裡。」

凝洛耐心聽杜氏鋪墊，杜氏總不會心血來潮把她叫來話家常，她總是有目的的。

「妳呢，病的又不巧……」杜氏看了看凝洛，接著說：「偏偏在妳父親出門前發起熱來。」

凝洛覺得杜氏大概要進入正題了。

「雖然大夫確診是水痘之後，我就忙讓人修書告訴妳父親了，可那書信走得慢，想來妳父親也很是惦記了幾日。」

杜氏不會為她特意修書，父親也不會掛念她的病情，他們夫妻倆為她做的一切，只是流於表面。

「好在妳如今都好了，」杜氏端起茶杯。「我也能鬆一口氣。」

凝洛看著杜氏喝了一口茶又放下茶杯，口中說著話，卻不看她。

「妳也知道，這家中大事小情，事事須得我來過問，這段時日下人們有什麼做不足的地方，妳便寬待些，不要給妳父親添堵了。」

這才是正事，不要去林成川面前告狀，維持林家表面的一團和氣。

凝洛輕輕一笑，伸手去把玩杯蓋，看來杜氏也覺得她與從前不同了，所以才會有今晚的談話吧？

杜氏總算察覺到，這個便宜女兒似乎翅膀硬了。

如今林成川要回來了，她拿不準凝洛會怎樣。雖然林成川不大理家中這些事，可她這些年在林成川面前一直做出對凝洛視如己出的樣子，現在也不想因為一些雞毛蒜皮的小事壞了她的好名聲。

「母親說笑了！」凝洛輕聲說道：「家中的下人們都很好，沒有什麼不足的地方。」

「至於給父親添堵……」凝洛順著杜氏的話繼續說。「父親一向心寬，沒什麼事能讓他堵心的。」

聽了凝洛的話，杜氏還是拿不準，便又笑著說道：「便是他心寬，咱們也應報喜不報憂。」

「母親說得是。」凝洛點點頭，似是無比贊同。

杜氏見狀稍稍放下心來，笑著同凝洛套近乎。「雖然妳只比凝月大三個月，可若說懂事，她卻從不及妳。妳是姊姊，多提點提點她，好好帶著她在妳父親跟前盡孝。」

凝洛搞清杜氏的意圖也不再過多停留，杜氏說什麼，都和她無關，她要說什麼，左右該說的還是說。當下敷衍了幾句便離開，回到芙蕖院。

白露推開房門道：「姑娘先回房，我去問問熱水燒好沒有。」

凝洛點點頭，剛邁進一隻腳，就見裡間門口一個人影一閃，電光石火之間，凝洛突然想起凝月眼巴巴看著她手中那還玉膏的眼神。

凝洛頓時有所悟，沒想到凝月一個大家閨秀竟然敢做出這等事來，當下忙道：「來人，捉賊！」

白露剛走到廊下，聞言也是一驚，忙一面喊人，一面跑向屋內。

裡間尚未點燈，白露手中拿著凝洛的披風還未放下，眼見一個黑影在屋裡要藏要躲，便大著膽子拿披風兜頭蒙了上去。

院裡的丫鬟婆子聽到這邊的動靜也一股腦趕過來，衝進凝洛房裡便朝著白露蒙住的人不管不問地一通亂揍。

白露向那人身上踹了兩腳，才忙回過身找凝洛，看凝洛正在門口觀望著便走過去扶住。「姑娘沒事吧？」

凝洛淡聲道：「沒事，就是嚇了一跳。」

那賊人挨了許多拳打腳踢，忍不住痛呼出聲，白露一聽是個女聲，更是向丫鬟婆子吩咐道：「打！狠狠地打！我倒要看看這是哪個房裡的小蹄子，偷東西偷到咱們院裡了！」

丫鬟婆子們一聽，打得更起勁，甚至還有人往那賊人身上擰了一把，那人終於忍不住開了口。「哎喲！別打了，是我！」

「這聲音有點耳熟。」有人動作停了下來。

白露一愣，她也聽出來了，雖然那人被蒙住頭，聲音有些悶悶的，可她還是分辨了出來。

白露剛想裝作不知，招呼眾人繼續打，凝洛卻一揚手。「住手，拿燭臺來。」

眾人停了下來，圍著那賊人站著，卻見那人三扭兩扭將蒙在頭上的披風扯下來扔在地上。「拿什麼燭臺？是我！」

邊說著，人就走到外間來。

果然是凝月，只是臉上有幾處瘀青，看起來有些滑稽。

眾人中傳出倒吸口氣的聲音，她們方才竟然把二小姐給打了，夫人知道了還不剝了她們的皮？

眾丫鬟都吃驚不小，又驚又怕又不能理解。

大晚上的，二小姐鬼鬼祟祟跑來當賊？這是什麼意思？

「凝月？」凝洛心裡冷笑，面上卻依然是淡淡的。「大晚上的，妳怎麼跑我屋裡來？」

白露此時也是大驚，忙向門外看看。「二小姐怎麼也沒人跟著？方才嚇壞我了，還以為是賊呢！」

眾人紛紛點頭。「對呀、對呀，我們都以為打的是賊呢！」

夫人到時候可不要怪罪啊！

凝月聽凝洛說她是賊，不但臉上不好看，如今面色也不好看，卻也只能勉強笑著找藉口。「聽說妳去母親院裡了，我過來看看妳回來沒有。」她強裝鎮定地理了理鬢角的頭髮。「回來就好。我沒什麼事，這就回了。」

凝洛看凝月若無其事地往外走，便淡聲道：「白露，去看看那還玉膏。」

凝月聽聞，一驚，頓時心虛了，差點踉蹌了一步。

眾人見這樣，恍然明白了。

敢情這二小姐竟然是跑到這裡來偷還玉膏？官宦人家的小姐，竟然做出這等事來？

眾人嘆為觀止！

白露查了查那還玉膏，故意大聲道：「好像有人動過，少了一些！」

於是在場的丫鬟婆子，還有院子外粗使的，一個個都聽得清清楚楚。

大家一下子都明白了，二小姐來偷東西，被當成賊打了……

當日，凝月回去，自然被杜氏痛罵了一通。

痛罵過之後，看看凝月那可憐樣，又是心疼又是無奈，開始大罵凝洛這個人不通人情、沒有情義、鐵石心腸，罵完了，又說凝洛小氣，反正罵了一百遍，最後看看女兒，氣得直掉眼淚。

「這也忒沒出息了吧！虧妳是個官家小姐，可算是把人丟盡了！」

她做出這種事，若是傳出去，以後親事都沒得做了！

這可真是啞巴吃黃連，白白被打，名聲受損，還沒得說理去！

隔天用過早飯，凝洛便帶著丫鬟去園子裡，前一晚半夜的時候，下了兩個時辰的小雨，趁著日頭還未出來，將桃花上的雨水採集下來泡茶，比單純的雨水更要來得清香雅致。

幾個人正在花間忙碌，卻聽遠處一角傳來斷斷續續的嗚咽之聲。

白露和小滿聞聲相視一眼，再看凝洛充耳不聞地仍繼續將花上的水珠輕輕抖落進玉瓷碗中，便也不去理會。

又過了一刻，那啜泣聲始終不絕於耳，白露開始有些煩躁，看看聲音傳來的方向，又看了看凝洛。

「小滿，」凝洛彎下一根桃枝。「過去看看。」

小滿聞言將手中的物什放好，這才順著小徑走過去。

白露覺得凝洛大抵是發現了她方才的小動作，有些不好意思地開口道：「許是哪個房裡的小廝，挨了打罵來這裡哭泣。只是大清早的讓人心煩。」她又加了一句，似是為自己方才的行徑解釋。

凝洛沒有看她。「靜下心來就聽不到了。」

有時候白露算得上一位得力的助手，只是有時也太沈不住氣。

白露臉上一紅，不再多說什麼，也專心收起雨水來。

不一會兒，小滿匆匆地跑了回來，倒像是有什麼事似的直奔凝洛。

「姑娘，是少爺！」

「我遠遠地看了一眼，發現是少爺在哭，也沒敢上前就回來了。」

聽小滿說完，凝洛總算停下了手中的動作。「出塵？」

小滿點點頭，忙接過凝洛遞向她的瓷碗。

「你們繼續收，我過去看看。」說著，凝洛便朝那哭聲走了過去。

穿過桃林，凝洛遠遠地看一個人蜷在一塊大石下，口中不停嗚咽著，偶爾抬起胳膊用衣袖蹭眼睛。

許是聽見了腳步聲，出塵突然止住聲音，慌忙用兩隻衣袖在臉上胡亂蹭了幾蹭，然後站起身轉過頭來。

看到來人，出塵一愣，繼而低下頭看著鞋尖。「大姊。」聲音猶如蚊蚋哼叫。

「怎麼了？」凝洛在他身前站定，放輕了聲調。

「沒……」出塵將雙手藏在身後。「沒什麼。」

凝洛打量著這個同父異母的弟弟，長袍因為方才靠著石頭坐著而沾滿灰塵，臉上淚痕未乾，卻不敢再掉一滴淚。

凝洛解下帕子幫出塵擦臉，倒把他嚇了一跳，他猛地後退一步。「大……大姊……」

「你既喚我一聲大姊，我也不能裝作沒聽到你哭。」凝洛輕聲勸道：「到底是因為什麼，也許你能跟我說說？」

出塵低著頭沈默，凝洛的視線向下，一眼看見他為了躲避她而藏於背後的手。兩隻手的掌心似乎腫得很高，紅紅的讓主人不敢握拳。

「誰打你？」凝洛擰眉。

再怎麼樣也是林家的少爺，是正經的主子，便是宋姨娘也比不得，誰會有這個膽量？

「沒有沒有！」出塵慌忙擺手，卻在看見自己的手時又忙將手收到背後，只搖著頭繼續否認。

凝洛看了看旁邊幾塊點綴園林用的山石，用帕子輕拂兩下，然後拉出塵坐下。

出塵仍是怯怯地低著頭，不敢看她，倒教她忍不住心生憐惜。

「在你眼裡，大姊算不算一個大人了？」凝洛循循誘導。

出塵沒出聲，盯著鞋尖點了點頭。

「那你覺得你能騙過一個大人嗎？」凝洛繼續輕聲問。

出塵搖搖頭，卻又遲疑著點點頭。

「你受了委屈，就不想與人說說？」

出塵微微抬起頭，卻看往慈心院的方向。「母親說……小孩子活該挨打……」說著便又低下了頭，聲音也低了下去。

「是母親打你？」凝洛有些吃驚，她不記得杜氏這般苛待過出塵，難道是前世她太過怯懦竟沒發現這些。

出塵卻再度搖頭。「西席。我書讀得不好。」

凝洛輕輕拉過他的手，手心裡紅腫著，有些地方甚至破皮見了血。

「打成這個樣子，母親當真不管？」

「母親說，書讀得不好就活該挨打。」

從來沒有人這樣耐心地同他講過話，出塵見凝洛這樣柔聲細語地關心他，也終於敢抬頭回話了。

凝洛看著出塵的眼睛，因為哭過的緣故，睫毛濕漉漉的，一雙黑亮的眼睛看向她，帶著不為人知的勇氣。

「走吧！」凝洛拉著出塵站起來。「去我那邊洗洗臉，不然姨娘看見該傷心了。」出塵猶豫了一下，看了看輕拉著他手腕的凝洛，還是跟著去了。

凝洛想起弟弟跟著的西席，正是杜氏的遠方表弟，是個落第的秀才，不知學問如何，只聽說酒不離身，日日都要飲酒。

因他是杜氏的親戚，又是林家少爺的啟蒙先生，家中上下倒對他頗為尊敬，束脩自不必說，便是他愛的酒也都是上好的竹葉青。

「先生一大早就打你？」凝洛忍不住又輕聲問。

「方才先生讓我背昨日的書，我剛背了兩句，先生便說我背的不對。」出塵莫名開始信任凝洛，便將遭遇一股腦說了出來。「拿戒尺打了手心之後，先生說今日罰我再背，明日一早再來問我。」

「那今日就不教你什麼了？」凝洛微微吃了一驚，畢竟這才到什麼時辰，一整天就見不到西席人了？

出塵比之前更加放鬆，聽了凝洛的問話不由撇了撇嘴。「昨日先生也是早上留了課業就離開了。」

說話間，二人已走入桃林中的小徑，凝洛對著小滿道：「妳先跟我回去，讓白露帶著其他人收雨水，收夠了一甕再回去。」

白露對這個安排倒沒什麼異議，畢竟如果讓小滿帶著其他人幹活的話，只怕沒人會聽她的。

回到芙蕖院，出塵又恢復之前怯怯的模樣，站在屋子中央不安地打量著四周，手腳都不知如何放，看起來萬分不自在。

「坐吧！」凝洛見他這個樣子便徑直拉著他坐下，又吩咐小滿道：「幫少爺梳洗一下。」

「用溫水！」凝洛又向著出門的小滿囑咐道。

見他有些拘謹，凝洛便有意與他閒聊，想了一下便開口問道：「出塵，你知道你的名字怎麼來的嗎？」

出塵抬頭看看凝洛，卻有些慚愧地搖了搖頭。

凝洛看著弟弟，說起她險些都忘記的從前。「你出生後的那幾日，我剛好在學一首詩，父親碰巧聽見了，這才有了你的名字。」

說完，凝洛吟起小時候背過的詩。「林亭一出宿風塵，忘卻平津是要津。松閣晴看山色近，石渠秋放水聲新。孫弘閣鬧無閒客，傳說舟忙不借人。何似掄才濟川外，別開池館待交親。」

出塵不知其意，聽凝洛輕輕柔柔地吟出這首詩，心中只覺優美妥帖，在心中回味了一會兒才又開口。

「我還以為父親希望我超脫塵俗之外，所以才叫『出塵』二字，」說著，他又低下了頭。「可我好像資質平平，看來是無法『出塵』了！」

凝洛輕輕一笑。「沒有人要求你活得像自己的名字，你只要活得像自己就好了。」

說話間，小滿已端了銅盆進來，放在盆架上之後便挽起袖子將毛巾浸濕，揉搓兩下便回過身要為出塵擦臉。

「別！」出塵忙躲著。「不用……」

「你的手還傷著，就讓她伺候你吧！」凝洛見狀只得開口相勸。「再者，你也是林家的少爺，她們伺候你總是應該的。」

出塵聽了這才乖乖坐好，任小滿拿溫熱的毛巾將他臉上擦拭乾淨。

他方才哭得臉上都是淚痕，風乾之後只覺臉上緊巴巴的，現在被濕熱的毛巾一擦只覺舒服許多，漸漸地人也放鬆下來。然後小滿又將他的髮髻重新盤過，人看起來便精神了不少。

小滿雖然膽子小些，但辦起事來卻是俐落，心也足夠細，為出塵梳洗過後還拿了藥膏給他雙手手心輕輕抹上，這才端著銅盆又出去了。

「大姊房裡的丫鬟真好！」出塵看著小滿的背影誇讚，他房裡的下人，不要說主動照顧他，就是他開口吩咐了，也不見得有人動一下。

凝洛想起自己重生之前的光景，大概也明白出塵為何有此感慨，便向他輕聲道：「只要你拿出主子的樣來，下人自然也就有下人的樣了！」

出塵似懂非懂地點點頭，又見小滿端著一個托盤進來，盤中放著幾小碟點心，看起來十分誘人。

看到吃的東西，出塵又不自在起來，宋姨娘曾叮囑過他，在這個家裡生活要處處小心，不能隨意吃別處的東西。

凝洛看他只是瞟了一眼點心便努力看向別處，便笑著勸他。「這不是咱們家做的點心，也不是外面買來的，是小滿自己做的，別處吃不到，你嚐嚐？」

出塵搖搖頭。「不……不了……」

「少爺多少嚐嚐，看合不合口味，也給我提些意見，下次我也好精進些。」說著，小滿便拿著一塊翡翠糕往出塵嘴邊遞過去。

出塵到底還是個孩子，就連小滿在他面前也膽子大起來。

凝洛微微笑著，看出塵禁不住勸彆扭地張嘴咬了一小口。

「好不好吃？」小滿笑著問，順便將手中的那塊糕遞給出塵。「都吃了吧，剩下怪可惜的！」

出塵今日為了能在西席面前，將書背得流利些，很早就起來了，早飯也不過匆匆吃了兩口，腹中早就空了，被勸著吃了一塊糕，他忍不住又將眼神投到別的點心上。

「多吃些吧！」凝洛笑著勸道：「我這邊也沒有更好的東西，就這些小點心而已，你以後什麼時候想吃，就什麼時候來。」

出塵心中默想，吃一塊和吃一盤似乎也沒什麼區別，便高高興興地向凝洛道了謝，又抓起一塊玫瑰糕吃起來。

出塵離開的時候有些依依不捨，他成長的這些年，還從未在宋姨娘以外的人身上得到過什麼溫暖。

凝洛看出他似乎對她生出些依戀，便笑著寬慰道：「得空的時候你便過來玩，但今日得回去了，身邊又沒跟著人，姨娘過會兒找不到人該著急了。」

剛送走出塵不一會兒，白露便帶著人回來了，抱著甕苦著臉給凝洛看。「低處的桃花都收遍了才收到這些。」

凝洛順著甕裡望了一眼，已有小半甕的雨水在裡面，帶著若有若無的桃花香。

「是我估錯了，這甕著實大了些，想來要裝滿也不容易，妳去將甕口封好收起來吧！」

白露點點頭就要離開，卻又像忽然想起什麼，停住腳步回過頭來。「方才我們離開的時候就見夫人去了園子，待到我們走出園子再回頭看，卻見夫人好像朝這個方向來了。」

凝洛點頭。「知道了，妳先去吧！」

她下意識地望了望門口，有陽光穿過薄薄的雲層灑在廊下，卻像是跨不過門檻似地在門外停了步。

杜氏這次竟然沒有派人來請，反而親自來了？

正想著前世此時有沒有特別的事發生，看門的小廝已讓院裡的小丫鬟匆匆跑來傳話。「姑娘，夫人來了！」

白露已將收集雨水的甕瓶交與房裡的小丫鬟，回來聽見這句顯然仍是有意外。「真過來了？」

「白露，我心口難受。」凝洛突然捧著心口向白露道。

白露嚇了一跳，忙上前攙住，正要開口問話，卻聽凝洛繼續道：「許是昨晚鬧賊被嚇著了，這心裡沒著沒落的，妳扶我去躺上一躺吧。」

白露聞弦知意，立馬體貼地扶著凝洛進屋去了。

按規矩，凝洛知道杜氏前來得出門迎接，可她總覺得杜氏親自過來她這邊，必然是不太好打發，倒不如先扮個弱者，杜氏說不定會顧忌一下。

剛躺好，白露還在為凝洛掖著被角，就聽外面傳來立春的聲音。「妳家姑娘呢？」

白露怕被問話的下人說錯話，忙快步迎了出去，口中還說道：「誰找姑娘？

「喲，原來是立春姊姊！」白露看見立春便揚起笑臉。「什麼風竟把您給吹來了！」

「我這會兒卻沒空與妳說笑。」立春淡淡地回道：「夫人說話間就到，快請妳家姑娘出來迎迎。」

明明不是規矩森嚴的高門大戶，杜氏卻偏偏愛講究這一套，何況這家中差不多也是她說了算，就更為看重其他人對她的態度。

「這卻不巧了！」白露一臉為難。「姑娘身子不舒服，正在床上躺著，我還想去回稟夫人，去給姑娘找個大夫瞧瞧呢！」

了。

話剛說完，杜氏已由一個小丫鬟攙著進了院子，身後還跟了兩個小廝，在門外便停了。

立春聽了白露的話眉頭一皺，聽到身後的動靜，忙轉身迎了過去。

白露自然不會給她說話的機會，也笑著迎上前去。「夫人恕罪，姑娘身子不大爽利不能出來迎您。」說著，便向杜氏施了一禮。

杜氏卻滿腹狐疑地看向立春。

這凝洛出水痘不是剛好嗎？怎這麼快就又病倒了？

立春卻對她微微搖了搖頭，杜氏便又向房門口走去。「妳家姑娘怎麼了？」

白露忙起身跟過去。「許是昨晚受了驚嚇，臉色蒼白直說心口不舒服，我看了只覺心裡打鼓，想說請大夫來看，姑娘不肯讓我去擾您清靜。」

杜氏聽得直皺眉，她原是想看看凝洛的態度，或興師問罪或好言相勸，談談昨天夜裡的事，不想她先因此病倒了，倒教她不好開口了。

白露引領眾人進房，剛跨進門就朗聲道：「姑娘，夫人來看妳了。」

杜氏心中一頓，暗暗埋怨白露亂說話，她哪裡是來看人的！

走進房去，凝洛正一副掙扎著要坐起來的樣子，杜氏忙開口。「快去扶著妳家姑娘，別讓她起來了！」

白露從善如流地上前扶了，凝洛卻不肯躺下，帶了幾分虛弱向杜氏道：「還沒向母親請安。」

杜氏也不知凝洛病情的底細，她原本就膚白勝雪，如今散著烏黑的頭髮，越發顯得臉色有那麼一絲……蒼白？

「行了。」杜氏擺擺手，在立春搬到床邊的一把椅子入座。「妳身子不適，那些虛禮就免了吧！」

白露看凝洛也沒有要繼續躺著的意思，便拿了引枕放在床頭，好讓凝洛舒舒服服地半靠著。

「我不過是有點兒心慌，靜躺上一會兒也就沒事了，怎麼還驚動了母親您？」凝洛故意順著白露的話說，倒讓杜氏尷尬了一下。

「我也是放心不下。」杜氏也是張口就接話。「妳還有哪裡不舒服，要不要請個大夫瞧瞧？」

「不勞母親費心。」凝洛的聲音放得很輕。「我歇上兩日便好了。」

杜氏嘆口氣，正打算說什麼，小滿卻端著茶走了過來。

立春上前接了，放在杜氏手邊的矮几上，杜氏越發覺得這滿屋子的人礙眼。

「妳們都出去吧，留我跟姑娘兩個說說話。」杜氏不耐煩地擺擺手。

凝洛心裡暗暗冷笑，要跟個病人說說話，杜氏顯然是有所求了。

立春聞言，轉身遣散房中的丫鬟，又向白露道：「咱們姊妹也好久沒一處說說話了，走，去外面吧！」

待到房中靜了下來，凝洛只淡淡地對杜氏微笑。

她才不會主動問杜氏要說什麼呢！

杜氏正等凝洛問她一句她才好開口，也維持著微笑看著凝洛。二人就這麼互相看著笑了一會兒，杜氏的表情終於有些忍不住。

「昨晚的事……」杜氏終於忍不住開口說話。「是月兒莽撞了，妳不要放在心上。」

杜氏原不是這樣打算。昨天出了那樣的事情，她和女兒私下罵了凝洛好一番，還是未能解氣，尤其今早一看凝月鼻青臉腫地去給她請安，杜氏又氣得破口大罵，責怪凝月半天之後，忍不住分析起凝月挨的這頓打來。

凝洛的院子在林府雖然不是什麼好位置，但也離腹地不遠，若真有賊人，誰會偷到她那裡去？若是家賊，誰都知道凝洛房中沒什麼值錢的物什，又怎麼會特意摸進她房中去偷？

這兩層，難道凝洛真的想不到？

若是她能想到，那凝月被打根本就是有意的！

因此她來的路上本是怒氣沖沖，中途才稍微平息了一點，想著要是凝洛好說話，主動將那還玉膏交出來，她也就不多說什麼了。可誰知，走到這芙蕖院，她卻被告知，凝洛被嚇得病倒了。

凝洛見杜氏先沈不住氣，垂下眼，低聲道：「是我身子太弱，禁不起一點事，不怪妹妹。」

杜氏心中火大只想咬牙，她本是來責怪凝洛，現在凝洛反而很大度地說不怪凝月，這一口氣憋在杜氏心裡簡直讓她跳腳。

「不過妳也未免下手太重了些。」杜氏沈了沈臉，痛心疾首的樣子。

凝洛秀眉微挑。

這是要給她安罪名？誰都知道她不可能親自動手，杜氏卻偏說是她下手太重。

「我院裡的人也都嚇壞了，一看賊人被捉，都嚇得打起來，生怕賊人跑了，誰能想到竟是妹妹呢？」

「是，也難怪。」杜氏勉強點點頭。「只是妳沒見月兒那臉……」杜氏提起來就忍不住搖頭。「她原就比不得妳的花容月貌，如今一臉的青紫，更是沒法見人了！」

「那就讓妹妹在房中多休養幾日吧！」凝洛順著杜氏的話。「母親也不必掛心我，不如多去陪陪妹妹。」

杜氏終於再也忍不住，拉下臉來。「再怎麼說凝月也是妳妹妹，又是在妳房裡傷了，妳那還玉膏總該拿出來，給她用一些吧！」

凝洛一副恍然大悟的樣子。「我還說呢，我受驚嚇的事並未讓人對外去說，母親怎麼就來看望我了？原來母親是來為妹妹討還玉膏呀！」

杜氏被凝洛直接戳穿了心思，有些掛不住面子，臉上白一陣紅一陣，口中卻兀自強硬道：「本來這事不應該由我出面，妳昨晚把凝月打成那樣，就該想到要送她藥膏，好讓傷快點好。」

「打小我就教妳要和妹妹互愛互敬，怎麼如今大了，妳倒全都忘了？」杜氏說著便忘了凝月做錯事在先，越說越理直氣壯起來。

凝洛冷笑一聲。「母親確實教會我許多，卻從未教過我如何對待闖進房中的賊人！」

「那是妳妹妹！」杜氏猛然站起來高喊一聲，只是喊完又覺得似有不妥，又重重坐下。「算了，讓人將還玉膏拿出來，我給妳妹妹送去，妳們倆的事便了了。」

「凝洛愚鈍，竟不知和妹妹之間還有什麼事未了，請母親明示。」

凝洛看不出杜氏有多心疼凝月的傷，她口口聲聲為了凝月，不過是打著幌子來巧取豪奪。

「妳……」杜氏指著凝洛，手都有些抖。

凝洛竟然敢三番兩次頂撞她，哪裡還有半點從前懦弱的影子？可見人為了護著好東西都是一個樣。

「便不說別的，只看姊妹情分，她如今傷了，用點還玉膏不過分吧？」杜氏苦口婆心狀。

凝洛點點頭。「不過分。」

杜氏總算鬆一口氣。「那便拿來吧！」

「什麼？」凝洛一臉迷茫。

杜氏差點吐血，她只知凝洛膽小懦弱，不想還是個癡傻的。「還玉膏呀！」

「哦！」凝洛笑了笑，卻道：「還玉膏，我都用完了。」

杜氏又猛地站起來，那一刻，凝洛有一種杜氏是跳起來的錯覺。

「用完了？娘娘才得了小半瓶的還玉膏，那孫家給了妳一整瓶！這才多久，妳就用完了，妳怕不是抹膏，是吃膏吧！」

凝洛笑著回話，像是沒看到杜氏的怒氣。「那還玉膏真不愧是人人爭搶的好東西，我抹了全身，身上的肌膚便幼嫩細滑，如白玉無瑕，真是前所未有的白淨嬌嫩。」

「還有，母親妳看！」凝洛又順手撫了一下臉頰。「我這臉上的水痘印子也看不見了，基本上又恢復了從前的模樣，可見那還玉膏真不是浪得虛名！」

杜氏氣得說不出話，她對於還玉膏用完這件事是心存懷疑，可她又不能讓人在凝洛房中翻找，想到此行一無所獲，一時只覺頭疼不已。

「白露，」凝洛揚聲喚道：「給夫人換熱茶。」

「不必了！」杜氏皺著眉制止，有些煩躁。「立春，我們走！」她朝房外喊了一聲。

凝洛半靠在床頭，輕聲細語地道：「女兒身子不適，恕不能起身相送。」

杜氏原被立春扶著轉過了身，聽了這話又回過頭來，狠狠瞪了凝洛一眼道：「如此暴殄天物，是要遭報應的！」

凝洛點頭。「母親放心，下次不會了！」

話像是軟話，可杜氏怎麼聽怎麼覺得彆扭，向著凝洛冷哼一聲才氣沖沖地走了。

白露這才端著茶進來。「夫人走了？」

第六章　林府

出塵回到他住的松竹院，意外看見宋姨娘也在。

「出塵？」宋姨娘顯然也是沒想到。「你怎麼這會兒回來了？今天的書讀完了？」

出塵見姨娘正為他整理衣物，不由脫口而出。「這些事讓下人做就好了。」

宋姨娘聽了他的話更是吃了一驚，出塵一向膽子小，也不太敢支使下人，所以她常過來幫著收拾，卻是第一次聽見出塵說這種話。

「你有沒有好好讀書？」宋姨娘又回到最初的話題。

「西席讓我自己背。」出塵低下頭，他盼著西席今日能喝酒喝高興了，明日背書那關也許還好過些。

宋姨娘擰起眉，這先生自從來林府教書，三日倒有兩日讓出塵自己背書，她再不懂做學問的這些事情，也覺得這樣不對勁，可是她又不敢問，不敢去問西席，更不敢問夫人。

「按照先生說的，好好背吧！」宋姨娘長嘆一口氣。

出塵懵懂間，似是看出宋姨娘眉宇間的憂愁，便不想再用讀書的事來讓她憂心，故作輕鬆地笑了笑。「我方才去了大姊那裡。」

宋姨娘卻有些慌神。「哪個大姊？」

「自然是凝洛大姊。」出塵想打消她的疑慮。「大姊對我很好，還給我點心吃。」

「你還在芙蕖院吃東西了？」宋姨娘按了按心口，只盼著出塵搖頭。

「是大姊房裡丫鬟做的點心，很好吃。」出塵笑著回答。

宋姨娘又怕又愁。「你怎麼好去姑娘的院裡吃東西，也不知有沒有什麼不當的舉動。」

「大姊很好的。」

出塵不知宋姨娘在怕什麼，凝洛從前不愛跟他們講話，確切地說，是不愛跟任何人講話。可是，她一旦同他說話，他便覺得心裡暖暖的，這不是很好嗎？

「你以後可不要去招惹姑娘。」宋姨娘扶住出塵的雙肩低聲警告，臉上的神情像怕被誰聽去似的。

出塵從前一直很聽她的話，和她一樣小心做人。她怕這個家裡的所有人，其他人都是天生的夫人小姐，唯有她，從那個窮苦的家中出來，入了這富貴之家，生怕行差踏錯。

出塵不敢忤逆宋姨娘的意，也只好不情願地點了點頭。

不過，當日晚些時候，出塵還是忍不住偷偷去了芙蕖院。

他成長的這幾年實在是太寂寞了，沒有同齡的玩伴，也沒有人和顏悅色地同他講過話，因此在芙蕖院感受到的那絲溫暖，彷彿一根無形的絲線栓在他心上，勾著他過去。

凝洛對於出塵的到來並不意外，讓他坐下後，又喚小滿端了些零嘴吃食。

「我不是為吃的來。」出塵倒有些不好意思。

「我自然知道你不是為吃的來。」凝洛微微笑著。「可咱倆就這麼乾坐著說話也沒趣兒，若是喝茶，又怕你晚上睡不好。」

「我不愛喝茶。」出塵順嘴說道。

「愛不愛喝茶，總要學會品，難不成要學你那西席成日飲酒？」

一聽凝洛提到西席，出塵臉上便現出苦澀，顯然是怕了那位先生。

凝洛寬慰他。「『嚴師出高徒』，許多狀元郎小時候也沒少挨板子，你也不必太往心裡去，有則改之無則加勉。」

話雖如此，可那西席到底下手太重了，不過一個八歲的孩子，敲打幾下知道疼了自然就長記性了，哪裡值得打成那樣？

凝洛不好跟出塵直接說先生的不是，便問起他的功課來。「最近在習什麼書？」

出塵打起精神。「已經背完了《百家姓》、《三字經》，現在在學《千字文》。」

凝洛蹙眉，八歲才學這些有些少了，若是先生盡心學生盡力，現在這個年紀都可以開始學四書五經了。

「那你願不願意背一段《三字經》給我聽聽？」凝洛輕聲問道，不想在弟弟面前流露出對先生的不滿。

出塵點點頭，乾脆站起身背起來。

不知道是不常溫習的緣故，還是原本學得不夠扎實，背到後來便有些磕磕巴巴的。可出塵倔強地不肯停下來，凝洛也便耐心聽著。

背了好久，出塵終於將《三字經》背完，自己也長舒一口氣，然後看向凝洛，眼神中閃著不易察覺的希冀。

凝洛點點頭。「很不錯。」

出塵不好意思地笑了笑，眼中的希冀也變為興奮，猶如夜空中的星星，在眼中閃亮著。

凝洛又挑了《三字經》中的幾句問他釋義，出塵雖然都一一作答了，可其中卻有不少錯誤的解讀。

凝洛不忍心再欺瞞出塵，只得無奈地搖頭。

「不對嗎，大姊？」出塵又恢復怯懦的模樣，甚至有些緊張地攥住衣角。

凝洛見他這樣，輕輕拉著他坐下，又耐心地將他理解錯誤的幾處，輕聲講給他聽。出塵見凝洛並未笑他，漸漸也就聽了進去，心悅誠服地頻頻點頭。

凝洛看出塵聽得認真，不由又在心中感慨杜氏的表弟誤人不淺，這才幾歲的孩子就被他教得錯誤百出，以後又能有什麼精進呢？

那位不理家事的父親也是離譜，給家中孩子請西席，都不過問一下對方的學問？這父親也當得太過失敗。

雖然出塵是庶出，可到底是林成川唯一的兒子，即使杜氏那裡不當回事，他也應該多上些心。

她原想著那西席若只是對出塵格外嚴厲些，找機會暗示一下父親，給那杜氏的表弟遞個話也罷了，誰知竟是個不配為先生的人，如此便留不得了。

林成川到家那日，先是派了個腿腳快的僕從回家報信。

杜氏聞言大喜，忙安排家中上下收拾灑掃。

凝洛看著院裡的人進進出出地忙碌著，心中倒是一片平靜。

前世，她只小心地活在自己的世界裡，不去招惹別人，希望別人也不要來招惹自己，沒有得到過父母的寵愛，更不知寵愛為何物，所以她便覺得陸宣很不錯，說了那樣多甜蜜的話，描繪了許多未來，讓她對以後的生活有了些許期待並且深信不疑。

直到陸宣的新婦進門，她突然覺得未來這件事，根本就是要靠自己。

而重生之後，她慢慢地感覺到，很多事只靠自己還是不夠的，她必須學會慢慢地蓄積自己的力量，包括丫鬟婆子，也包括這個同父異母的弟弟。

巳時三刻，便有丫鬟來叫，說是要去大門口和夫人一同等老爺回來。

白露由房中拿出一件薄素錦緞子的披風為凝洛繫上，這才跟著一起走出芙蕖院。

凝洛到的時候，杜氏和凝月，宋姨娘與出塵都已等在門口。

凝洛簡單地行禮問好之後，也立在一旁。

「大姊！」出塵小聲地喚了凝洛一聲，甚至朝她揚了揚手。

凝洛朝他笑了下，卻見宋姨娘忙將出塵拉到跟前，還把他揚起的手壓下，這才抬頭向凝洛送來帶著歉意的一笑。

杜氏自是看不上宋姨娘的這番做派，鼻腔中冷哼一聲便看向別處，只是這聲哼傳到宋姨娘耳裡，又是嚇得一顫。

不過宋姨娘不知道，雖然杜氏看不上她的行為做派，卻對眼下的情形很滿意。

杜氏是家中的當家主母，雖然膝下只有一女，可生了兒子的這個小妾是她親自挑的，並且小妾和庶子都對她言聽計從，全是懦弱無比的性子，在家中翻不出什麼花來。

杜氏的眼神從凝洛臉上掃過，神色便有幾分陰沈。

從前凝洛跟那小妾母子是一樣的性子，她也從不把她放在心上，打算這兩年尋個高官富賈的人家，送過去做妾，運氣好的話說不定還能當上填房，她作為娘家人也能沾不少光。

可最近凝洛好像突然轉了性，如果任由這麼發展下去，那張傾城的臉對她來說就不是能送出手的寶物，而是妨礙了。

「凝洛，妳故意穿著舊衣出來，是想讓父親覺得母親苛待了妳嗎？」凝月斜睨了凝洛一眼，鼻孔朝天地說道。

凝洛打量著凝月，果見她又穿了一襲新裙，頭上的簪子也在陽光下明晃晃地反射出耀眼的光。

「母親勤儉持家，父親都是知道的，我不知妹妹的新衣從何而來，只知家中並無餘錢為我購置新衣。」凝洛淡淡地回敬了一句。

杜氏一聽，頓時心裡生了不自在，忍不住開口解釋。「凝月的衣服也是她那舅媽送的，咱家日子過得艱難，舅媽沒少接濟咱們。」

凝洛只淡淡地瞥了杜氏一眼。

這話，鬼信？

杜氏看凝洛那表情，竟然沒搭腔，知道她根本不信，當下面上狼狽，咬咬牙，忍了。

凝月卻是突然想起什麼，有些嫉妒地盯著凝洛的臉，方才因為穿新衣而來的那點喜悅已被沖散得無影無蹤。

宋姨娘聽到關於衣服的討論，不由地小心看了杜氏一眼，又低頭偷偷地打量自己一番。

她比杜氏年輕了近十歲，可衣服顏色和樣式卻像杜氏身上穿得那樣老氣，偏偏料子還沒杜氏的好，加上她身形又瘦，那樣的衣服套在身上總覺得有些寒酸。

她的衣服也是杜氏張羅著讓人做的，每年家中做上那麼幾次衣服也都有她的分，只是對於布料樣式她沒什麼發言權，確切地說，是不敢說什麼，杜氏在製衣師傅面前也會問她的意見，她只會說好，只會說都聽夫人的，時間久了，杜氏不再問她，直接替她拿主意了。

宋姨娘也想過出門的時候，偷偷買件喜歡的成衣回來，可想到即便買了也只是在自己房裡穿穿，又擔心受怕讓杜氏知道，就放棄了那個想法，何況，她還要為出塵攢著錢。

上天待她不薄，進了這樣的人家能夠吃飽穿暖不說，還給了她一個兒子。

她只盼著出塵能快快長大有出息，她能夠不再像今日這般大氣也不敢出地活著。

想到出塵，宋姨娘拉著他的手不由地又握緊了一些。

出塵覺到手上傳來的力度，不解地抬頭看了一眼宋姨娘，發現宋姨娘只盯著空曠的路口出神，臉上有他讀不懂的複雜神色，便又將眼神投向了凝洛。

大姊長得比他見過的所有人都要好看，就算大姊穿的舊衣不如二姊的鮮豔奪目，可大姊的樣貌是多少新衣都比不過的。

她只要靜靜地站在那裡，出塵就覺得像是一幅畫，一幅仙子的畫，凝洛就是畫中的仙子，正是他心裡的仙女模樣。

一群人都各懷心事地朝路口張望，就見杜氏派去打探消息的小廝跑回來，邊跑邊喊。「回來了！老爺回來了！」

杜氏面上一喜，向著臺階下走去，立春忙上前攙著，其他人則跟在杜氏身後。

林成川已出現在路口，見家中各人都出來迎他，也是面帶喜色緊走了幾步。

兩批人相遇，杜氏向林成川施禮，口中說道：「老爺辛苦了！」

宋姨娘也忙在一旁屈膝，林成川看了她一眼卻忙攙住杜氏。「夫人也辛苦了！」

二人站好之後，凝洛又帶著凝月、出塵向父親見禮。

林成川粗粗地打量了幾個兒女一眼，便點頭笑道：「好，好！回家吧，回家再說！」

一行人回到家中在廳裡按位次坐了，林成川看著滿屋的家人不由感慨道：「還是回家好！」

「那是自然！」杜氏接過話頭。「在外到底各種不便，我看老爺都瘦了，如今回來須得好好補補！」

林成川點點頭。「家中一切可好？」

「都好。」杜氏忙點頭。「雖然老爺不在家總覺得沒了主心骨似的，可孩子們到底都大了，還算聽話。」

林成川的眼神落在宋姨娘身上，停了停又飄開來。

「父親！」出聲的是凝月。「那日我和母親還去寺廟為您祈福了！」

林成川欣慰，忙道：「煩勞夫人了！」

「不但如此，」凝月邀功似地繼續說道：「那次還碰巧遇到了一位貴人，是城中陸家的小姐。」

林成川正喝了一口茶，聽了凝月的話不由看向杜氏。「哪個陸家？」

「還有哪個陸家？」杜氏假裝責怪似地向林成川丟了個不滿的眼神。「自然是城中最有名的那個陸家！」

林成川若有所思地點點頭。「不錯！我在外為朝廷做事，內院之間的這些交際就靠夫人妳了！」

杜氏倒是有許多話想向林成川說，只是當著這一屋子人的面卻不好多說，便挑家中一些不痛不癢的小事跟林成川提了提。

林成川本來也不關心這些，聽著杜氏在一旁絮絮叨叨就有些犯睏，終於在忍無可忍之時打了個哈欠。

「老爺可是乏了？」杜氏識趣地住了嘴。

「沒有、沒有！」林成川擺著手否認，又突然想起什麼抬頭看向門口。

「寶順！」林成川高聲喚道：「把咱們帶回來的東西拿進來！」

話音落了不久，那個喚作寶順的小廝就捧著一個木匣快步走了進來。

小廝將木匣放至林成川夫婦間的方桌上，然後閃開身，林成川則將木匣打開又向眾人招手。「過來看看！」

凝月先人一步站了個好位置，凝洛和出塵站在她的兩旁，宋姨娘只在他們幾個身後站住，不再上前。

「呀！真好看！」凝月看著匣子裡的東西讚嘆道。

凝洛也望過去，只見幾乎滿滿一匣子的小玩意，都是林成川從南方帶回來的。

有成套的針線、精巧的戒指耳墜，還有散發著香味的佩珠手串，並不是多麼名貴的東西，但在京城這邊都是少見的，況且那些物什看起來都十分精緻，眾人瞧了都覺得稀罕。

凝月伸手在匣子裡翻來揀去，挑她認為好玩的拿在手上。

凝洛看到一個精巧的魯班鎖被凝月撥到一邊，便拿起來向出塵問道：「這個能不能解開？」

出塵還未伸出手，杜氏卻將凝洛手上的魯班鎖接了，放回匣子裡。「你們父親出門的這段日子，全靠你們外祖家和姑姑家照應，咱們也沒什麼能拿出手去謝人家的，這些我回去合計合計，看看怎麼分。」一面說著，一面將凝月手上的小玩意拿過來放到匣子中，然後飛快地蓋上了。

看過那些精緻的小東西，花廳裡的宴席便擺好了，一家人移到那邊用飯。席間自然還是杜氏最為熱絡，不停地給林成川挾菜，倒讓人覺得熱情得有些過了。

用過飯，林成川說乏了，也沒留兒女們吃茶，讓眾人散了。

凝洛帶著白露和小滿回芙蕖院，半路卻摸出一小塊銀子交給白露。「妳過會兒去父親書房那邊，等寶順閒下來將這個給他，說多謝他在外伺候父親。」

凝洛從前與林成川並不親近，他此番辦差回來卻是拉近二人感情的好機會。

凝洛心中合計著，父親下午必定會獨自歇息休養一番，晚上大概會宿在慈心院，明日要去衙門，下了衙回家之後大概會做什麼，她卻是不瞭解，唯有去問父親身邊的小廝。

第二日快要散衙的時候，凝洛讓小滿煮了一盅紅棗茶。打探消息的白露一回來，凝洛帶著那茶去了父親的書房。

白露帶來的消息，林成川每每回家之後都要在書房獨處，有時晚飯也直接在書房用，杜氏等人很少去書房找他。

暮色已經降臨，白日裡溫煦的風漸漸涼了下來，凝洛步履匆匆，生怕白露正端著的那茶還未到書房就涼了。

林成川見凝洛前來也有些意外，這個女兒從小不怎麼愛講話，生活起居有杜氏料理著，他也不曾過問。

時間久了，父女二人之間客客氣氣的，叫人感覺不到親情的存在。

「父親勞累了一天也不歇歇嗎？」凝洛端著茶盤，走到書桌前放下。

林成川見凝洛主動前來關心他，也是心頭一暖，先讓凝洛在一旁入座，才笑道：「外面的差辦好了，城裡的差又積壓了許多，我也只得帶回家來看看。」

「差事哪裡有完的？」凝洛一笑。「不過父親對公如此盡忠盡職，實為城中大小官員的楷模。」

「妳才見過幾個官員！」林成川開懷一笑，他一直自認恪盡職守，無可挑剔。

「雖不曾見過，卻聽說過，傳聞中的那些人可不像父親這樣，宵衣旰食，一心為公。」凝洛說著將那紅棗茶斟上一杯。

「有父親這樣的官員，是朝廷的幸事，但父親也要保重身體才是！」凝洛將那茶遞了過去。

林成川心中覺得說不出的妥帖，杜氏有時也會給他端茶送水，甚至熬一碗補湯讓凝月送來，可她們都不懂他對朝廷的這片心。

杜氏雖然送了茶，說擔心他身體，卻又忍不住數落他，說仕途不是這樣熬出來的，要活絡一些，聰明人都是少做事多請功的。總之就是嫌他沒本事，他每每聽了心情煩躁，有時候杜氏再親自送什麼來，他便找藉口讓小廝攔在門外不讓進了。

「其實原應煮蔘茶來給父親喝的，」凝洛低下頭，臉上有些慚愧。「可我年紀小，房裡沒有那些。這紅棗茶也能進補氣血，還請父親看在女兒一片心意的分兒上，不要嫌棄。」

林成川忙端起茶杯飲了一大口，才笑著說道：「哪裡的話，這是妳的一片孝心，我又怎麼會嫌棄！」林成川說完又想起什麼。「我記得過年時我拿回來一些人蔘膏，讓妳母親分給妳們吃，妳房裡的都吃完了？」

凝洛垂下眼簾。「母親說我們年紀還輕，吃那麼補的東西會上火，她給我們留著，等需要的時候再給我們。」

林成川臉色頓時一沈，心中自有一番想法，但是當著凝洛的面，卻是不好說出。

「父親問人蔘膏，可是嫌這紅棗茶不好？」凝洛低頭，咬唇。

林成川忙向凝洛安慰地笑笑。「這是妳多心了，我女兒送來的茶，豈有不好的？」

「再者說，」林成川端起茶杯在鼻端輕嗅一下。「這紅棗茶不但香氣甜美，還有安神補氣之功效，相較之下，人蔘便是虎狼之藥了。」

林成川又啜了一口茶。「我還希望能常常喝到妳這紅棗茶呢！」

凝洛聞言便輕笑道：「既然父親愛喝，那我以後少不得要常來打擾父親了。」

林成川看凝洛開顏，也跟著笑了起來。他從前總覺得這個女兒美則美矣，卻總是木木的，連正眼看他幾乎都不敢，別說在他跟前盡孝了。沒想到這次辦差回來，凝洛的性子開朗不少，到底是長大了，讓他也能得享天倫，也算人生幸事。

「妳如今大了，真是懂事許多！」林成川看著凝洛，不禁將心底的感慨說出來。

「父親一走數日，我也不知是不是病著的緣故，心底日日思念父親，只盼著父親能早日回來……」凝洛說著就紅了眼圈，連聲音也有些哽咽。

「這……」林成川忙放下茶杯。「這是怎麼說的！好好的怎麼還哭起來了？」

凝洛擦擦眼睛，抬起頭勉強笑道：「沒有，我是見到父親心裡高興。」

林成川看著凝洛，卻見她眼眸濕漉漉的，明明是委屈，卻依然努力笑著來哄他高興，當下心底也生出幾分憐惜。

「是了，我出門的時候妳正病著。」林成川這才想起凝洛生病的事。「可都好了？」

「都好了。」凝洛乖巧地點點頭。

「父親在外也時常掛念著你們。」林成川的笑容倒也有幾分慈祥。「買那些禮物的時候，我心裡想的全是你們的模樣。」

「對了，妳母親給妳分了什麼禮物，妳可喜歡？」

「禮物……」凝洛低頭，猶豫了下，才道：「沒有再見過，母親沒給。」

「沒給？」林成川皺眉。

「不過——」凝洛突然道：「父親買回來的那些可真好看，個個都精緻精巧，竟是從未見過。」

林成川看出凝洛眼中的神往，不由地有些心疼，他的這個女兒從未向他主動要過什麼，不過一些不值錢的小玩意，竟能讓她那樣眼饞。

林成川本不想管杜氏如何行事，他一直不過問這些，一則有些懼怕杜氏的脾氣，二則是完全不想費心思。

今日好不容易有個孩子跟他親近，他也不捨得看凝洛那副樣子；明明心裡想要卻又小心翼翼地隱藏著，好像生怕他看出來。

「別難過。」林成川伸手輕輕拍了拍凝洛的肩。「我向妳母親要幾個給妳。」

凝洛一愣，繼而低頭，輕笑了下，感動地道：「謝謝父親！」

林成川不忍看凝洛眼中的雀躍，到底還是個孩子，可以為幾個不值錢的小禮物而高興成那樣。

「要不要在這邊用飯？」林成川看了看窗外的天色，笑道：「廚房應該都準備好了。」

凝洛起身。「今日還是回去吧，沒跟院裡的人說要在這邊用飯，恐怕那邊也擺上了，浪費了也是不好。」

「好，」林成川點點頭。「妳這樣想是對的，那便回去吧！」

凝洛走出書房，卻見白露正和寶順在一旁低聲聊著什麼，開門的聲音打斷了他們兩個，白露快步走了過來。

「姑娘！」白露口中輕喚一聲。

凝洛向正看過來的寶順點點頭，這才和白露一同回去了。

用過晚飯，白露和小滿二人將凝洛春季的薄衣衫全部翻了出來，打算比量看看有多少已經不能穿了。

凝洛手中持了一卷書站在房中，一面讀一面任二人拿衣裙在她身上比劃。

「去年秋天做的還能再穿穿。」白露一面拎過一件水紅的長裙一面說道：「去年春天的就稍嫌短些了。」

果然，那件長裙比在凝洛身上，露出了一截小腿。

「我說姑娘今年看起來比去年更加細長了。」小滿接過那件長裙疊好放到一旁。

「什麼叫『細長』？」白露不滿地白了小滿一眼。「咱家姑娘這叫『亭亭玉立』！」

凝洛被她們的對話分了神，不由笑了起來。

見她這樣，白露的話就更多了些。「今年早該做春衣，老爺出去這些時日，夫人竟然也沒提，如今老爺回來了，這事應該也快辦了。」

小滿點點頭。「我看也是，之前這個月的月錢也一直沒發，老爺回來前幾日才匆匆發了下來。」

「妳們覺得，夫人會怕老爺嗎？」凝洛突然開口問道。

白露二人互相看了一眼，卻有些躊躇，最後還是白露有些吞吐道：「我們……不敢說。」

凝洛聽了這話忍不住笑道：「還有妳不敢說的？我記得妳可是什麼都敢說。」

聽了這話，白露臉上一紅，低頭道：「我都改了。」

小滿也看出凝洛並無責備，拽了拽白露的衣袖。「姑娘拿咱們當心腹才問的。」

白露抬起頭，見凝洛確實帶了捉弄的意味，這才大著膽子問了一句。「當真如此？」

「那妳倒是說說，我還能去問誰？」凝洛將書卷遞給小滿。

白露這才略一思索然後答道：「要說怕，我倒覺得夫人不會有多怕老爺，不過老爺畢竟是一家之主，夫人應該還是會有忌憚的。」

正說著，便有小丫鬟來報，說是慈心院裡來人了，正在外面等著。

白露聞言擰起眉。「這都什麼時辰了，眼看就要就寢，這會兒來人做什麼？」

凝洛一笑，邊向外屋走邊說道：「你問她，她能給妳回答？不如出去看看。」

從臥房出來，凝洛見那慈心院的小丫鬟正不請自來地跨進門，不由微微皺了皺眉。

小丫鬟自是沒看見凝洛的表情，匆匆向前兩步，極為敷衍地一屈膝便當行了禮，然後將手中的東西往凝洛身旁的桌子一扔。「這是給妳的。」

她這一連串動作極快，凝洛甚至都沒來得及在桌旁坐下。

只見小丫鬟眼皮都不抬一下地又屈了屈膝。「告辭。」

「站住！」凝洛沈聲喝道，聲音不算大，卻有不容置疑的威嚴。

那要轉身的丫鬟一愣，然後不情願地停下。「姑娘還有什麼吩咐？」

凝洛不緩不慢地坐下，又向小滿使了個上茶的眼色，這才看著那小丫鬟道：「做什麼急著走？」

「奴婢還有好多活兒要做呢！」那丫鬟一副不耐煩的表情，就差朝凝洛翻白眼了。

其實她並沒有什麼活等著做，只是慈心院那邊今日該她守下夜罷了。

本來她看杜氏房中撤飯，覺得應該也沒什麼事了，回到廂房中收拾自己的床鋪，打算早點睡，畢竟下夜比上夜難熬多了。正收拾著，又有兩個丫鬟回房，口中說著方才的見聞。

原來夫人正為老爺幫著大小姐要禮物而惱怒，看屋裡人不順眼，統統給攆了出來。

她本沒往心裡去，左右沒她什麼事，夫人總不會半夜起來挑她的毛病不是？

誰知就在她打算脫衣的時候，立春推門進來，打量了一圈選中了她給芙蕖院送東西。

她不敢惱立春，將一腔怨恨全算到凝洛頭上。何況，凝洛也惹得夫人不痛快，她丟個臉色給凝洛看，又能怎樣？

「哦？」凝洛聽了她的回話，拉長了音調回了一聲。

「再多的活兒，若是做不好也是白做。」凝洛接過小滿遞過的茶，在手中端著，像是在看茶杯上的花紋。

「姑娘沒什麼事，我走了。」小丫鬟完全不想要思考凝洛在說什麼。

白露在一旁看不下去，剛要開口說話卻被凝洛擺擺手制止了。

只見凝洛將手中的茶杯緩緩放下，這才看著那小丫鬟笑咪咪地說道：「煩勞妳從慈心院跑來送東西，難道不領個賞就走嗎？」

小丫鬟終於抬眼看向凝洛。

還有這等好事？若是能賞上幾個銅板，這趟倒也不虧。難道說，大小姐方才沒看出她的萬般看不起？

一時不免想著，人人都說這大小姐厲害，如今看來，也不過如此罷了，一時心裡自然存了輕視之意。

「只是……」凝洛又開了口，轉頭看向桌上的東西。「賞點什麼好呢？」

桌上是那小丫鬟方才扔的兩樣東西，一枚銅戒指，一支宮花，是那匣子裡最普通的玩意。

那枚戒指方才被小丫鬟扔到桌上還險些滾下去，如今躺在桌子一邊，孤零零的樣子。

小丫鬟心中一喜，聽到要賞東西，當下眸中泛起期待，唇邊帶笑。

「這樣吧！」凝洛像是想到什麼似的又看向小丫鬟。「我今日賞妳『規矩』二字，妳覺得如何？」

小丫鬟聽著這話，不免詫異，心裡一懵，之後看著凝洛那笑，頓時明白過來，凝洛方才並不是真的要賞她，竟是要罰她。原本的欣喜頓時蕩然無存，那要賞賜物事的貪婪盡數化為忐忑。

只是眼下她卻不知接下來會發生什麼，強裝鎮定地說道：「奴婢不懂。」

「不懂沒關係。」凝洛輕笑，卻讓小丫鬟看得莫名心寒。「不懂可以學，我不介意幫母親管教一下下人的！」

「我回去自會跟著夫人學，姑娘不必費心了！」小丫鬟心知不妙，只想快快離開這裡。

「那怎麼行？」凝洛笑得眸中泛涼。「母親打理家中諸事，我不能為其分擔已屬不孝，怎能順手調理一個丫鬟的事，還要推給母親去做呢？」

說完，凝洛也不給小丫鬟開口的機會，又接著道：「方才我見妳扔東西的姿勢不夠好看，帶不出慈心院的氣勢來，不若這樣，妳練習扔東西一百次吧！」

小丫鬟立在原處，不知如何反應。

凝洛看著她。「怎麼？我方才說的話沒聽見？」

小丫鬟莫名一哆嗦，卻還是不知如何應答。

「姑娘，讓她扔什麼？」白露強忍著笑意問凝洛。

「自然是扔她方才扔的東西。」凝洛端起茶杯呷了一口。「就像方才那樣扔，妳們給她數著。扔不到桌上不算，扔到桌上又掉下去也不算，姿勢不好看當然也不能作數的！」

「是！」白露喜孜孜地領了差事，從桌上抓起那兩樣東西，走到小丫鬟面前塞到她手裡。

「快開始扔吧，扔完咱們好去歇息！」

那小丫鬟絕望地看了凝洛一眼，發現凝洛正悠哉地小口品茶，心中雖惱恨萬分，卻也不敢再反駁，忍著恥辱扔了起來。

白露自然是個嚴格的判官，小丫鬟覺得自己已經扔了數十次，而白露卻只不過給她計了十多次，很快她那條胳膊就痠得抬不起來了。

凝洛早已將茶杯放至一旁，看了一會兒，用帕子掩著嘴打哈欠。

「這是母親房裡的丫鬟，是伺候母親的人，規矩得學得比其他房裡都好才是。」凝洛在戒指不斷打到桌上的聲音中開口。「可母親家事繁忙，顧不得這許多，我做為女兒，自然要幫著母親。」

小丫鬟心中又氣又恨，只能咬牙忍著胳膊的痠痛繼續扔了拾，拾了扔。

「白露，」凝洛向白露喚道：「換個人來數吧，我乏了。」

小滿忙上前扶凝洛起來，白露也喚了另一名小丫頭過來數著，自己和小滿陪凝洛回房了。

肯讓白露安排這差事的人自然也不是尋常的小丫頭，她也因這慈心院的態度正惱著小丫鬟，如今落在她手裡，她自然也是各種判定不合格。

好不容易扔夠了一百次，小丫鬟還不是自己走的，竟是被白露送回去。

凝洛吩咐了，為免夫人再重複教導小丫鬟一次，還是去個人跟夫人說一聲比較好。

杜氏聽聞凝洛幫著她調理丫鬟，心中自然氣得不輕，待要發火，可又說不出什麼，畢竟凝洛說得在理，一時想起老爺特地跑來說要送東西給凝洛的事，不免氣惱憋屈。

如今凝洛敢教訓她房裡的丫鬟，她心裡也覺得凝洛越發不好控制了。

這是翅膀硬了！

杜氏想了想，氣得夠嗆，又把那丫鬟給責罰一通。「叫妳過去丟人現眼不爭氣！」

杜氏本就心裡有氣，林成川幫著凝洛討完東西，竟然去了姨娘那裡，不承想凝洛又給她添堵。杜氏罵著那丫鬟還嫌不解氣，甚至親自朝那丫鬟臂上掐了兩把。

那小丫鬟自然是敢怒不敢言，含著淚將這一切都怪罪到凝洛頭上。

第七章 拍案而起

林成川興致好的時候，會將一家人聚到一起用飯，從前用過飯，他還會留下眾人吃茶聊天，只是凝洛和宋姨娘母子都怯生生坐著不開口，而杜氏母女話又太多，所以後來他很少召集一家人一起吃飯。

這次不知是不是他離家久的緣故，竟然很快又叫齊全家人擺宴。

只是吃得不痛快罷了，杜氏不停唸叨如今的東西樣樣金貴，這樣的家宴還是少一些好，最好來貴客的時候再擺，總是這樣吃，遲早把林家吃垮了。

林成川被杜氏唸得心中不快，卻仍沒說什麼，倒是凝月看他不高興，說了句「母親持家不易，還請父親體諒」的話。

林成川心中不想體諒，只當沒聽見凝月的話，兀自挾菜吃飯，只是臉色不好看。

「既然都坐到了一起，開開心心地吃便是了，家中情形如何，父親心中有數的。」凝洛輕聲說道。

林成川感激地看了凝洛一眼。

杜氏卻眉毛一豎。「妳一個大小姐，十指不沾陽春水，哪裡知道柴米油鹽是怎麼來的？」

若是往日，凝洛自然回擊。但是近日，當著林成川，她卻是特別不說什麼。

林成川見此，不免心裡惱火，終於硬氣一回，將筷子一放。「撤了吧，不吃了！」

這卻捅了妻子，杜氏不依不饒道：「這就不吃了？你當咱家有金山銀山呢！」

當下兩個人難免吵了起來，於是這頓飯徹底不吃了，大家各自散去。

林成川和杜氏鬧了半晌，杜氏撒潑耍賴，又哭鬧著要回娘家，又嫌棄林成川賺不來銀錢，如此這番，最後林成川終於讓步，無可奈何地嚥下這口氣，忍讓了。

凝洛見此，這才知道，這父親實在是懦弱的人。但是這麼懦弱的父親，她必須催著他往前走。

於是這一日，凝洛當著一群人的面，提出了自己的想法。

「父親。」凝洛開口，瞬間房中人的目光全都聚到她身上。

杜氏極輕地哼了一聲。

這個凝洛竟然懂得找林成川要東西了，她對這一變化很是接受不了，從前在這家中，基本上她說怎樣便怎樣，不管是凝洛還是宋姨娘母子，何時敢來過問一句？

「出塵的西席大概不是很適合教導他。」凝洛先拋出結論。

杜氏一聽，凝洛矛頭直指她那表弟，差點從椅子上站起來。「妳放……」

情急之下，杜氏險些破口大罵，話到嘴邊才飛快地又轉了個彎。「妳方才說什麼？」

凝洛自然知道杜氏嚥下的那句粗鄙之詞，道：「我說弟弟的先生不配西席之位，不能再留在林府了。」

宋姨娘自聽到凝洛說起出塵的先生就慌張不已，如今見凝洛正面向杜氏提起，更是驚恐地緊盯著杜氏的反應。

「不行！」杜氏大手一揮。「那可是妳表舅！妳要把他趕出去？妳知不知道這是什麼？妳這是不敬重長輩啊！」

宋姨娘又看向凝洛，她並不知道出塵的先生到底如何，可為了她這房的事讓大小姐和夫人起爭執，她心裡怕得很。

「母親，表舅作為長輩，我自然是敬重他的，可是作為出塵的先生，卻是不夠格的。」凝洛的不急不躁更襯出杜氏像是被踩了尾巴一般。

「我不同意！」杜氏大喝一聲。「妳憑……」

「凝洛何出此言呢？」林成川終於向凝洛問道。

凝洛正視著林成川，平靜而認真。「父親，古語云：『行有餘力，則以學文。』如今林家衣食無虞，父親仕途平穩，正是為林家培植後人的絕好時機。況且，凝洛無兄，僅有此一弟，日後林家能否保持父親創下的繁盛，就全看出塵了。」

「不管是侯門還是富甲一方的家族，從來都不是一輩人能積累起來的，」凝洛繼續說道：「林家若要繼續興旺發達，就必須重視後人的求學問題。」

林成川若有所思地點點頭，杜氏在一旁看得更急，向凝洛搶白道：「咱家哪裡不重視了？不重視還會給妳弟弟請先生？送到私學裡不更省心嗎？」

「母親有心！」凝洛冷冷地看向杜氏。「可請先生也得請一位做學問的先生，就算不說這表舅的學問，所謂『言傳身教』，他自己日日飲酒，讓出塵跟著他又會學成什麼？」

杜氏坐直了身子。「妳口口聲聲說妳表舅學問不好，妳才認識幾個字？又何曾見過妳表舅給出塵授課？」

「姊姊該不會是有意針對母親吧？」凝月突然在一旁開口，涼涼的語氣透著不懷好意的揣測。

杜氏聞言，果然臉色更加難看，故作委屈地向凝洛問道：「我哪裡得罪妳了？」

凝洛不想再跟杜氏母女過多糾纏，只向林成川說道：「父親，凝洛真的只是為弟弟著想、為林家著想，並無半點針對誰的私心。如今我說表舅學問不夠好，大家定然覺得口說無憑，不若將表舅請過來，我向他請教幾個學問。」

林成川點頭。「有道理。快去請西席！」

小廝在門外應了一聲便趕緊去了。

杜氏忍不住斜睨著凝洛道：「咱家的姑娘不必操心那麼多，我那表弟可是個秀才！妳生在京城，也許見過幾個做學問的人，可哪裡知道這秀才也不是輕易能中的！」

凝洛微微揚了揚嘴角，沒有說話。

「出塵師從何人這件事，確實應該慎重些。」林成川喝了一口茶說道。

杜氏不滿地看向林成川。「自然是慎重，要不是看其東是秀才，我也不會請他到家裡來。」

「出了這京城，十里八鄉幾年才能出個秀才？」杜氏又瞥了凝洛一眼。「我倒不信凝洛能挑出一個秀才的不是！」

宋姨娘不安地看看杜氏又看看凝洛，若是待會兒那先生舉止得體、應答如流，那凝洛要如何收場？杜氏肯定會記恨上她吧？

出塵卻看著凝洛暗暗握了一下拳，心中希望大姊能將那西席趕走。他分辨不出先生的學問到底如何，只是覺得自己常常有種越學越糊塗的感覺，可見那先生教得不好，大姊是對的。

又靜等了片刻，林成川有些不耐地皺起眉。「這是去哪裡請了？」

杜氏自然還是要護著，張口便道：「許是在屋裡看書看得入了迷，讓小廝等上一等也使得。」

話音剛落，一個醉醺醺的聲音傳來。「表姊！」

一聲表姊後，還帶著一個酒嗝。

林成川一聽，便皺起眉頭來。

這先生去喝酒了？

一股酒味在房間瀰漫開來，眾人不由得皺了皺眉。

杜氏卻首先笑道：「快坐吧！」

「快給先生上茶！」杜氏又向丫鬟吩咐道。

那西席謝了入座，又看向杜氏和林成川。「不知姊姊、姊夫喚我前來所為何事？」

杜氏剛要開口，林成川忙向他笑道：「也沒什麼要緊的，只是小女有幾個學問上的問題，這才煩請西席過來解惑。」

杜氏滿意地點點頭，還好回的不是凝洛，不然她據實以告，表弟豈不傷了自尊？

先生顯然也是沒想到，明顯一愣。

「其東，」杜氏笑著安慰他。「不過是小姑娘看書看得迷糊了，你略給她指點指點就成！」

杜氏表弟姓張名其東，在林家施教數年還不曾遇過家中其他人請教他學問的事。這幾年杜氏待他不薄，束脩自不必說，住的是林府上好廂房，吃的跟慈心院水準相當，身旁還配了丫鬟小廝伺候，就連一年四季的衣物也都不必他自己添置。

他考過幾次舉人，均落第了，後來乾脆死了那條心，反正杜氏說了，教完林出塵再給他尋個別的差事，左右不會餓著他。於是他便將日子混了起來，在林出塵能自立門戶之前，他就打算這樣過了。

如今聽聞有人要請教問題，張其東深吸一口氣，腦中飛快想了一下自己最近讀的書，卻發現除了教出塵背的那兩本，他很久沒碰過書了。

「不知是哪位姑娘想要探討學問？」他努力擺出鎮定自若的微笑，眼神在凝洛和凝月之間打量。

凝洛站起身向張其東淺施一禮。「西席有禮。」

張其東看著凝洛微微點頭。「不知姑娘有何指教？」

「指教不敢當！」凝洛面向張其東。「今日重讀《大學》，讀到『所藏乎身不恕，而能喻諸人者，未之有也』，想請教先生此句何解？其中『恕』字又是何意？」

張其東張了張口，卻沒有發出聲音。

凝洛見張其東不答，又拋出一個問題。「又曰『德者本也，財者末也』，那麼，以

「『本』施民何如？以『末』施民又何如？」

凝洛的聲音不大，卻清晰無比，眾人聽完紛紛看向那先生，卻只見張其東冷汗涔涔，眼神飄散，不知在想些什麼。

杜氏在一旁也張口結舌，她沒有想到表弟會被凝洛問住，不覺間她也面紅耳赤起來。

張其東不是不想糊弄過去，可他清楚當著林成川的面，沒有一點真才實學是糊弄不過去的，與其說得不知所謂貽笑大方，倒不如閉緊嘴巴以後再找理由。

只是林成川卻不會再給他「以後」了，他一掌拍在案上，向著杜氏怒道：「這就是妳請的好先生！」

「妳口口聲聲說他是秀才，學問錯不了，如今連這麼幾個淺顯的學問都一概不知，又如何教得了出塵？出塵又如何能習得學問？妳這婦人，只顧眼前蠅頭小利，拉來這麼個親戚坐西席之位，他幾斤幾兩妳真不知道？他給出塵授業時，妳有沒有感覺到如芒在背？」

張其東在林成川拍案時驚跳而起，站在堂下恨不能有個地洞鑽進去。

杜氏被林成川問得啞口無言，又實在沒什麼可以解釋的，便微低了頭，大氣也不敢出。

宋姨娘見林成川氣成這樣，嚇得幾乎從椅子上滑下來，除了驚嚇，她心中還有幾分慶幸，還好凝洛看穿了西席的底細，還好凝洛出頭站出來，不然出塵這輩子就毀了。

經此一事，張其東自然不能再留在林家了，林成川很快就趕走他，並要為出塵換一位先生。

張其東偷偷哭著向杜氏告別的時候，杜氏也是一腔憤恨記到了凝洛頭上。她不怪張其東沒有學問，只恨凝洛平白挑事。

而另一邊，宋姨娘挑了個林成川宿在慈心院的夜晚，悄悄來到芙蕖院。

對於宋姨娘的到來，凝洛並不感到意外。

宋姨娘被丫鬟請入座，又見丫鬟奉上茶來，忙雙手接了放到桌上，然後有些拘謹地看向凝洛。

「這麼晚過來，擾了姑娘歇息吧？」宋姨娘有些過意不去。

「沒有的事。」凝洛淡聲回。「如今天長了，都睡不了那麼早了。」

宋姨娘伸手向左側的袖袋中摸了一下，卻又空著手出來。「姑娘的性子和以前不大一樣了……」宋姨娘這話說的有些底氣不足，像是怕凝洛聽了會不高興似的。

凝洛向宋姨娘安撫道：「人長大了總會變的。」

宋姨娘連連點頭。「是！是，大了總會變的……」她又看著一處若有所思。「也不知出塵以後會變成什麼樣？」

凝洛笑了笑。「等父親為弟弟挑一個學問好的先生，出塵定然會大有長進，以後會有出息的！」

宋姨娘又隔著衣袖輕輕捏了捏袖袋，向凝洛的方向湊了湊，臉上盡是感激之情。「說起換先生的事，還要謝謝姑娘，若不是姑娘，出塵他……」

宋姨娘說著眼圈一紅，忙轉過頭去飛快地拭淚，又很快轉回頭來。「總之，謝謝姑娘了！」

「姨娘不必如此客氣，出塵是我的弟弟，我自然是盼著他好的。」凝洛頓了一下，又向宋姨娘道：「姨娘叫我名字便好。」

宋姨娘感激地笑了笑，終於伸手從袖袋中摸出一樣東西來。「我也沒什麼能拿得出手的東西，也就繡的東西還能看。自從聽了出塵說，妳帶他來芙蕖院吃東西，那天，我就開始繡這荷包，今日剛好趕出來了，還請姑娘不要嫌棄。」

凝洛起身接過來，一看之下，便覺喜歡，當下誇道：「從前我就聽下人們說過，姨娘繡的東西最是靈巧生動，不想今日竟能得著一件！」

看了凝洛的反應，宋姨娘忐忑的心總算安穩了一些，聽著凝洛誇讚的話卻又不好意思起來。

凝洛笑著輕輕撫摸著那荷包，不說花樣精巧，所用的繡線也都是上等的，可見宋姨娘為了這個謝禮很是用了一番心思。

「若是以後我有什麼花樣不會繡，可要去請教姨娘了。」凝洛抬頭看向宋姨娘。

宋姨娘受寵若驚。「姑娘儘管吩咐人去叫我。」

她自幼學繡花以補貼家用，嫁人之後有了伺候的人，也放下過一段時間，後來日子無聊又拾了起來，沒想到竟還能有用得著的地方。

「還有出塵……還要煩請姑娘多多提點，讓他多跟著姑娘學學，不要像我那麼怯懦。若是這性子一直這樣，我將來真是沒指望了！」宋姨娘說著就又抹起淚來。

「姨娘不必憂心。」凝洛勸解著她。「出塵還小，並未定性。日後讓他多讀讀書，多外出走走，等他書讀得多了，見識多了，自然不再是現在的性子。」

二人又聊了一會兒，說了說出塵的事，宋姨娘才意猶未盡地離開。

總算不虛此行，宋姨娘覺得她和凝洛的關係經過這番長談被拉近了，當她帶著丫鬟靠著燈籠的那點光，走在林家黑暗的大宅裡，她心裡竟覺得前所未有的明亮。

林成川回家幾日，總算得了空閒，要帶家人去凝洛姑姑家做客，畢竟在他離家的日子裡，那邊也都有許多照拂。

能夠去親戚家，特別是這種門第比林家高的親戚家做客，杜氏和凝月總是興奮的，母女二人在前一天就湊在一起商議穿哪套衣裙，戴什麼首飾，甚至杜氏還提點了凝洛一番。

「明日去妳姑姑家不要穿得那麼素淨。」杜氏打量著凝洛的打扮皺眉。「我記得去年夏末的時候，給妳做過一身藕荷撒花長裙、也沒見妳怎麼穿，穿那件吧！」

既然沒怎麼穿，定然看起來能新些，不能讓凝洛穿的和凝月相差太多，免得林家那位姑奶奶挑出毛病。

「那是去年為秋涼做的，如今天氣暖了，衣料稍嫌厚了，怕穿出去惹姑姑笑話。」凝洛淡淡地說，她已想好穿什麼衣服，不會在姑姑面前失禮的。

杜氏眉頭鎖得更緊，如果穿一身不合時宜的衣服，確實丟臉。

「那去年春季做的鵝黃綾子對襟襖配襦裙呢？我記得那綾子是薄的。」杜氏努力回憶著去年給凝洛做的幾身衣裳。

「稍嫌短了。」

凝洛不想要故意穿得寒酸去姑姑面前賣慘，有些事做得太刻意反而不美。

杜氏上下打量了凝洛一番，咕噥道：「長那麼高有什麼用，費衣費料的！」

凝洛只當沒聽見。「母親不必操心了，我已有了打算。」

「妳要穿哪件？」杜氏不放心。凝洛若在那樣的人家出了醜，她臉上也不好看。

凝洛倒也不遮掩，大大方方地說道：「去年春季裡做的芙蓉長裙，當時穿著稍長些，今年穿剛好。還有母親說的鵝黃綾子那一套，去年用來配它的月牙白褙子還穿得，今年可拿來配長裙。」

杜氏在腦中想了想，倒還算體面，點了點頭道：「妳能學會搭著穿是好的，也別怪母親太過節儉，日子要過得長遠就得精細些。」

凝洛面無表情地稱是，腦中卻驀地想起生母的嫁妝來。

「那就這樣吧，等從妳姑姑家回來，就給妳們姊妹做新衣裳！」

第八章　拜訪姑姑

凝洛的姑姑孫林氏見了林成川一家很高興，她就林成川這麼一個弟弟，自小感情很好，後來林成川喪妻，她為弟弟和凝洛憂心不已，甚至還生過將凝洛養在膝下的想法。

如今林家的幾個孩子剛向她行禮，她便笑著招呼道：「自家人不必多禮！凝洛，來這邊坐。」

也不知是憐惜凝洛生下來就沒了娘，還是別的什麼原因，孫林氏一向對這個姪女偏疼些，眼下凝洛還沒來得及站直身子，她就向兒子催促道：「快將凝洛攙過來！」

孫然無奈地笑了笑，母親這是還把他們當孩子了。不過他心裡這樣想，還是走上前微笑地同凝洛見禮，只是並未如孫林氏所說去攙扶罷了。

凝月在一旁臉色都變了，姑姑和表哥對凝洛的熱絡讓她覺得難堪，想要說些什麼讓別人注意到她似乎又很難。

「凝月也快坐吧！」孫林氏看著凝洛走過來之後還有個人杵在原地，總算看見了凝月。

孫然也像是被提醒了一般，向著凝月微笑著點點頭。

「先讓我看看。」孫林氏拉著坐在身旁的凝洛上下打量，滿意地點頭。「還好還好，臉上沒有落疤。這可人疼的小模樣若是留了疤，那才是罪過。」孫林氏輕輕拍了拍凝洛的手。

「妹妹可用了那還玉膏？」孫然立在孫林氏的另一側，關心地問道。

「用了。」凝洛微微一點頭。「正是用了，所以才能恢復得這樣好，謝姑母和表哥掛心！」

凝洛的聲音輕柔婉轉，語調不急不緩，說完話總讓聽的人有種意猶未盡的感覺。

「成川外出辦差，多虧姊姊關照家中！」林成川忍不住向孫林氏道謝。

「你倒是學會跟我客氣起來了！」

孫林氏笑著向林成川嗔了一句，然後又向凝洛道：「有些日子沒來了，讓然兒帶妳四處轉轉，最近園子裡才修整過，去瞧瞧！」

看凝洛起身要施禮，孫林氏忙攔了。「不必了，你們幾個去園子走走，我跟妳父親說說話，等宴席好了，我讓人去叫你們！」

雖然孫林氏沒有點名凝月，凝月卻也只能厚著臉皮跟出去了。

方才姑姑都說了要跟父親說話，難道她還要繼續待在這裡，直到姑姑發現她再攆人？

孫家的園子自然要比林家大許多，甚至在園中還闢出一處人工開鑿的湖來。

「這是過了年才新放的水。」孫然帶著凝洛二人在湖邊漫步。「又搜購了不少錦鯉，閒來無事過來看看湖、餵餵魚也別有一番風情。」

說著孫然又指向由一座棧橋連接起的湖心亭。「去那裡看魚再好不過，我們去看看吧！」

凝月到了園子倒是興致高昂起來，見孫然引著她們去湖心亭，便緊跟在孫然身側問道：「表哥，那你準備了餵魚的餌料沒有？」

孫然卻是微笑著回頭看了一眼落後一步的凝洛。「已經讓人去取了。」

凝月雖為孫然這個微小的動作而不快，卻仍是笑著繼續問孫然。「那表哥會常常前來餵魚？」

孫然卻是不置可否地一笑，側了側頭問凝洛，體貼地道：「可是累了？」

不知怎麼，一到湖邊，凝洛便走在離湖較遠的那一側。孫然幾次三番故意放慢腳步，凝洛卻仍是不緊不慢地走在後面。

「沒有。」凝洛笑著搖頭，剛好走到一條岔路口。「我想去那邊轉轉，就不跟表哥去看魚了。」

孫然有些意外，想說陪凝洛過去，又想到自己方才明明說要去湖心亭餵魚，正猶豫間，凝月的聲音又響起來。

「那妳先去轉轉，我和表哥餵過魚就去找妳！」凝月求之不得。

「還是……」孫然剛想說還是一起走比較好，就被凝月一拉衣袖，走往與凝洛相反的方向。

孫然回頭看向凝洛，卻見她已經飄飄然離開了。

凝洛轉身繞過假山，不覺間吁了一口氣，發現方才自己已經握出兩手心的汗。

靠近湖邊的時候，她心裡升騰起無邊的恐懼，前世被惡人追趕逼著跳河的一幕幕，在她腦海中不斷閃現。

她只看了一眼那伸至湖中心的棧橋，便不敢再望第二眼，溺水的恐懼襲遍全身，她難以想像走上那座棧橋會是什麼感覺。

恐懼甚至沒讓她找個更好的理由，她生硬地逃離那片讓她感覺窒息的湖泊，哪裡還會顧慮表哥和凝月的想法？

凝洛順著花徑漫無目的地走著，心中卻忍不住自嘲起來，人家說「忘情於山水之間」，想來從今後的她要與水無緣了。

許是姑姑家的園子比較大的緣故，凝洛走在其中覺得格外幽靜，漸漸地心也靜了下來。

走到一處大石旁，凝洛停了下來，那石頭旁好大一棵櫻花樹已開到荼蘼，風一吹，花瓣雨也似地落下來，飄到大石上，真正的落英繽紛。

凝洛在大石上清出一小塊地方坐下，感受這種花瓣拂面的情形。

孫然找到她的時候，看到的便是這幅落花美人圖，柔和的陽光透過樹枝灑下斑斑點點，微風吹過，樹下的人便沐浴在花雨中。

「表哥。」凝洛發現了他，站了起來。

孫然又上前一步，看著凝洛笑容溫和。「怎麼走到了這裡？這花開了，每日打掃都來不及，不想妳一來倒成一景了！」

凝洛微微一笑，並未答話，她無心去問孫然怎麼擺脫凝月獨自來到這裡，相較於前世，有些事她看得很淡了。

「方才……」孫然猶豫了一下。「妹妹是不開心嗎？」

凝洛微怔了下，不知孫然何出此言，卻還沒來得及問，又聽孫然兀自解釋起來。

「我不是故意要和凝月一起走冷落妳，只是我等了妳幾次，每次妳走上前來再一起走的時候，妳就又落下了。」孫然不好意思地看看別處。「怪我走得太快了！」

「表哥多慮了！」凝洛終於明白孫然在說什麼。「我沒有不開心，也不曾覺得被冷落。」

孫然仔細看了凝洛面上一眼，確實沒有不快的情緒，除了客氣的微笑，他也看不出什麼別的情緒。

「今日妳能來，我很開心。」孫然緩緩說道，看著凝洛的眼睛。「昨晚聽母親說妳今日會來做客，我竟輾轉反側了許久，想著要怎麼同妳問好，怎麼和妳聊天……」

「表哥。」凝洛望向孫然，表哥的眼神裡不乏真誠，只是這份真誠再無法打動她了。

凝洛繼續說道：「你的心意凝洛明白了，只是……凝洛無福消受。」

孫然眼中閃過迷茫，他記得從前這位表妹和他算是親近，什麼時候二人之間突然有了疏離感？

「對於在我的生命中有你這麼一位表哥，我很感激，」凝洛語氣平靜地說。「但也僅此而已。」

感激他在前世豐富了她無數對於意中人的想像，感激他在此生向她表明心意。

「姑母大概在派人找我們了，回去吧！」凝洛微微一笑，轉身向前。

孫然茫然地跟了過去，轉頭看了看若無其事的凝洛，心中竟是五味雜陳。他看見凝洛鬢邊落了一瓣花，想要伸手取下來，卻終於打消了那個念頭，失落地一同前行了。

回到孫林氏房中，凝月還未回來，林成川也不知去了哪裡，孫林氏見了凝洛自然歡喜，因此又少不得拉著說了一會兒話，卻說到了凝洛意想不到的話題。

「誰能想到一個連親娘都沒見過一面的小娃娃，如今已長這麼大了呢！」孫林氏撫摸著凝洛的頭髮感慨。

「全仰仗著姑母，凝洛才能有今日。」凝洛輕柔一笑。

「妳這孩子，是個知道感恩的人，卻也著實不容易。」孫林氏欣慰地點點頭。「這一頭烏髮倒是隨了妳母親，」孫林氏的手放下來，眼神卻仍看著凝洛的髮髻。「妳父親小時候頭髮可是稀少的！」

說著，孫林氏忍不住笑起來，凝洛想像一下「頭髮稀少」的父親，也忍不住跟著笑。

「妳母親的頭髮不但濃密還又黑又亮，順滑如緞，每每盤一個墮馬髻再簡單插上一支釵，就足夠讓人移不開眼。」

孫林氏說著就陷入了回憶，然後又向凝洛笑道：「妳見過那支釵嗎？就在妳母親的嫁妝裡，有一支翡翠攢鳳珍珠釵，我見她戴過一次，烏黑的髮襯著雪白的珍珠，真真是人間少見。」

凝洛聞言不由一怔，她記得最近好像才見過那樣的一支釵子，畢竟是少見的樣式，讓人見過便很難忘記。

凝洛凝神一琢磨，竟是她去茶市那日回家的時候，看見凝月的髮髻上插著跟姑姑描述一模一樣的一支釵。

凝洛還來不及深思，孫然便在門口道：「母親，宴席已經擺好了，我這就去請舅舅。」

一頓宴席，凝洛吃得有些心神不寧，孫然幾次三番飄過來的眼神她也沒看到，只顧自己懷著心事思量。

凝洛看了一眼凝月，她今日別了一支別的釵子，同那支母親的嫁妝相比，倒是活潑許多的樣式。

凝月正半嗔半惱地向孫然質問道：「說好去看看送魚食的過來沒有，表哥怎麼就一去不返了呢？」

孫然有些尷尬地看了凝洛一眼，發現凝洛完全一副神遊太虛的表情，便向凝月抱歉一笑。「被別的事絆住了，魚食後來可送過去了？」

孫然一向是溫和有禮的人，為了自己的私心將凝月一人晾在湖心亭，他也有些過意不去。

凝月見表哥向她問話，心裡的不快一掃而光，笑著回答。「送過去了，那些魚兒可真美，成群過來吃食，有趣極了！」

凝洛無心聽他們閒聊，只一心回想著姑姑提起的那支釵子，她從前只是疑心生母段氏的嫁妝被杜氏吞了，卻苦於沒有證據，不想今日姑姑的一番話竟點出一樣物件。別的也許不好說，這支釵既然還在林家，她就應該拿回來。

回到家，凝洛讓小滿幫著做了一份馬蹄糯米棗泥糕，她親自端了茶水和點心去了林成川的書房。

差二刻便到酉時，尚未到用晚飯的時辰，林成川正覺得腹中有些饑餓，就見凝洛端了茶點而來。

「從前總聽人說女兒貼心我還不覺得，如今妳們長大了竟果真如此！」林成川接過凝洛遞來的濕毛巾，擦著手笑道。

「父親應該為咱家仔細身子。」凝洛將毛巾又接過來，在一旁搭好。「姑姑家的飯菜雖好，可我見父親用得很少呢！」

林成川已拿起一塊糕送至嘴邊。「自然不比在自己家吃飯。」

在外做客，看起來推杯換盞熱絡不已，真正吃到口中的卻沒多少東西。

咬了一口點心咀嚼之後嚥下，林成川驚喜道：「這好像不是廚房裡做的？」

凝洛笑著看父親又吃了一口。「是女兒做的。」

「妳什麼時候學會做點心？還做得如此之好？」說著林成川忍不住又吃了一口。

凝洛像是不好意思般微紅了臉。「我也就只學了這一樣能拿得出手，別的全然不會。」

這是真的，小滿點心樣樣做得來，她也新奇跟著學過，卻只學成了這一樣。

看父親吃得可口，凝洛又說道：「若是父親喜歡，我就常做給父親吃。」

「好，好！」林成川不住地點頭。

凝洛端起茶壺向茶杯中斟去，狀似無意地說道：「父親今日和姑姑聊了許多過去的事吧？」

林成川點點頭。「許是年紀大了的緣故，和長姊湊在一起，就總愛聊些陳年往事。」

凝洛故意道：「父親正當年的年紀，怎麼就『年紀大了』？」

林成川望著女兒微笑。「妳都這麼大了，父親焉有不老的道理？」

凝洛垂下眼簾，笑著將茶杯奉上。「姑姑也和我提到了母親，生我的母親。」

林成川嘆口氣。「一晃都這麼多年了……」

「有一支翡翠攢鳳珍珠釵，我記得舊年裡父親曾經提過，說是母親留給我的。」凝洛提起那支釵子。「我好像見誰戴過。」

林成川剛喝進一口茶，聽了凝洛的話卻嗆得有些艱難。

他不記得自己跟凝洛提過，更因為被凝洛發現釵在別處而有些愧疚。

「從前妳還小……」林成川含含糊糊地說了一句，卻到底有些心虛了。

林成川將茶杯放下，故意清了清喉嚨來掩飾他的尷尬，才勉強說道：「那釵是妳的，我會讓妳母親……」他頓了一下，才又改口。「讓杜氏還給妳。」

林成川雖然十分不願插手內宅的事，可這件事他還是要發句話，況且他又向凝洛許諾，更是要依言而行。

因此稍晚，他在飯桌上便向杜氏提起此事。「那支釵，妳拿出來還給凝洛吧，孩子大了。」

杜氏卻是臉一沈，沒聽見般不搭腔，林成川看了看凝洛想再向杜氏說什麼，卻終歸沒再開口。

凝洛沒有出聲，只是低下頭去小口地吃了幾粒米。

林成川嘆口氣，站起身拍拍杜氏的肩。「妳跟我過來。」

杜氏回頭白了他一眼。「什麼事不能吃完飯再說？」

其實這餐飯已經用得差不多了，林成川也是在心裡掙扎了許久，才用平靜的語氣說出那句話，卻不想杜氏理都不理。

「過來吧！」林成川堅持。

杜氏瞪了凝洛一眼，到底起身跟林成川回房了。

也不知二人在房中聊了些什麼，過了一刻鐘，杜氏沒好氣地回來，將手中的釵子扔到凝洛面前。

凝月的臉色頓時變了，她沒想到是那支釵子。那釵子金貴得很，杜氏從前說她小不肯給她拿出來戴，這才戴了幾次就要給凝洛？

看凝洛將那釵子拿在手中，凝月不快地向杜氏喊道：「憑什麼給她！」

要不是當著母親的面，她恨不能一把奪過來，從來好東西都是她的，她哪裡見得凝洛比她好！

她很喜歡那支釵，上次去寺廟遇到陸家人那回，她正戴著那支釵，陸家姑娘還特意多看了她幾眼，誇讚她的釵子好看。她心底覺得那釵必定貴重而特別，又覺得那釵能給她帶來好運，如今竟然要給了凝洛？

「閉嘴！」杜氏正一肚子氣沒處撒，聽凝月向她嚷嚷，便呵斥了一聲。

凝月顯然沒想到母親不但把那樣好的釵子給了凝洛，還對她這般，忍不住哭喊起來。「那是我的！」

「什麼妳的？」杜氏看了凝洛一眼，又向凝月斥道：「什麼都是妳的？有妳不惦記的東西嗎？」

凝洛聽她說得不像話，卻也不往心裡去，只拿著那釵好好端詳。

杜氏繼續指桑罵槐，向凝月道：「妳哭什麼哭？妳又沒有生下妳就死了的娘，又看不見我含辛茹苦地拉扯幾個孩子，妳有什麼好哭的？」

杜氏說著又瞪了凝洛一眼，繼續向凝月道：「我窮盡心血養了妳這隻只知道向我要東西的白眼狼，我才要哭上一哭呢！」

凝洛也不理會那廂的哭鬧，將釵子收好，淡定地起身走了。

凝洛帶著釵子出門去，她將那釵攥在手中，又將手藏於袖中，心裡也不知是種什麼滋味。

那位生母，她只在別人口中聽過，雖然也曾在夢中見過被她喚作「娘親」的女人，可她知道那不是真正的段氏，只是她臆想出來面目模糊的溫柔女人。

十幾年來，她與生母好像沒有半點聯繫，可如今，娘親曾經戴過的釵子就在她手中。

這是她拿到母親的唯一遺物，然而她今日出門的目的地卻是當鋪。這樣珍貴的遺物，她應該留著，或許能在午夜夢迴時真的感受到她缺失的那份情感。可如今的她身無長物，留著那支釵雖然多了個念想，可於她的生活卻無任何改變。

還是只能如從前一般度日，手上沒有積蓄，遇事不能自主，以後的日子也只會像現在一樣不好過。

她只能選擇先將這釵子當了，謀些本錢，不管如何先掙上一筆再做打算。

白露和小滿二人跟在她身後，只覺她的腳步先前放緩了一些，卻在走了一段時候又匆匆起來，彷彿堅定了心中的什麼想法。

第九章　再遇

一直走到一家當鋪前，凝洛才停住了腳步，她微微仰起頭，看著那寫著「當」字的旗布被風吹得獵獵作響，像是誰在風雨中飄搖的人生一般。

拿到這筆銀子，她這輩子也許能夠與前世完全不同了。

當她邁步走向當鋪的時候，卻瞥見旁邊兵器鋪子走出一個人。

凝洛下意識地看過去，卻見那人赫然正是陸宸。

陸宸恰好看到凝洛，微一怔，定在當鋪門前。

四目相對間，凝洛感受到了陸宸打量的眸子。

他為什麼這麼看著她，按說不應該認識她吧？

凝洛微微側首，假裝沒有看到陸宸。

陸宸初見到凝洛，也是一怔。上次驚鴻一瞥之後，心裡一直記掛著，即使每日依然讀書練武，卻根本沒法忘記她的身影。

他也不知道自己怎麼了，竟似走火入魔了一般。

沒辦法，他命人去打探，知道她是林家的姑娘，小官之家，是林家頭一個夫人唯一的嫡生女兒，如今在後母手底下過活。

他約莫知道林家的底細，林成川官做的不大，但相較於在街面上討生活的人，家中應該能稱得上殷實。如今在當鋪前見到凝洛，不免意外，一個姑娘家，竟然走到這種地方。

他的目光帶著打量和疑惑，或許還有一些其他什麼，灼灼泛燙，就這麼望過來。

在他這種目光的籠罩下，凝洛竟然不自在起來。

偏生他就站在當鋪前，擋住去路，讓她進退不得。

凝洛窘迫無奈，見這人依然是直勾勾地盯著自己，竟然是不讓，實在是孟浪又唐突，當下只好紅著臉，硬聲問道：「這位爺，可借過？」

凝洛這一說話，陸宸才恍然醒來，看看這過道，明白自己擋了她的去路，忙邁步，讓開，拱手道：「在下陸宸，給姑娘賠禮了。」

凝洛抿唇，別過臉去，逕自就要往前走。

旁邊的白露卻低哼一聲。「誰問你姓名了！看著還是個貴人，竟如此不知禮節！」

陸宸知道是說自己，但是絲毫不以為意，當下再次拱手。

凝洛忙喝止了白露。

以後陸宸權勢滔天，何苦得罪他呢？

凝洛當下反而向陸宸一福，淡聲道：「底下丫鬟無禮，開罪了陸爺，這裡給陸爺賠不是了。」

陸宸忙擺手。「姑娘客氣了！」

「陸爺請了。」

拜別之後，凝洛自行進入當鋪，陸宸當下進也不是、不進也不是，略沈吟一下，到底是先行離開了。

凝洛一個姑娘家進當鋪，終究是不願意被外人看到吧，他不想讓她這麼難堪。

且說凝洛是第一次進當鋪，所以之前跟院子裡去過當鋪的下人聊過，倒也有了一些心理準備。

白露和小滿卻是一臉新奇地四處打量，卻是什麼也看不到，正對門口有一排高櫃檯，櫃檯上還有木製欄杆，欄杆裡面什麼情形根本看不真切。

凝洛走到櫃檯前，不由地微微踮起腳。「掌櫃的在嗎？」

有人從欄杆的縫隙中探出一點頭來，看了一眼主僕三人，又將凝洛打量了一番才問道：「姑娘找人還是贖當？」

「當個東西。」凝洛聲音平靜地說道，好似這是多麼尋常的事一樣。

那小二也只當是尋常，朝凝洛身上看了一眼道：「當什麼？我們鋪子不收衣物繡品，還請姑娘見諒。」

「是這個。」凝洛抬手將釵子放到櫃檯上。

小二拿起釵子，看了凝洛一眼，口中說著「姑娘稍等」，人影一閃便不見了。

白露上前一步站到凝洛身旁，踮著腳向裡看。「去哪兒了？」

小滿也跟過來扒著櫃檯，卻什麼也看不到。「該不會把姑娘的東西給昧下了吧？」

凝洛收回視線，轉頭看了看門口。「等一下吧！」

應該是讓懂行的人查驗釵子估價去了，況且她也讓人打聽過了，這當鋪在京城中還算得上誠信。

三人感覺等了好一陣子，那小二才又從欄杆處露出臉來。「姑娘要怎麼當？活當還是死當？」

若不是提前打探過，凝洛哪知道這小二的問話是什麼意思！

好在她略略瞭解過一些，如今便能鎮定自若地詢問。「活當幾何？死當又幾何？」

小二報出兩個價格，相差甚遠，可即便是高的那個，也遠遠低於凝洛的心理預期。

跟她講過當鋪的小廝說過，當東西的時候定然要跟小二抬一番價格，不然就是吃了虧，尤其是死當，相當於將那件物什賣給別人，價格自然是越高越好。

「你可看好了，我們姑娘那釵體是金的，翡翠的水頭又好，那珍珠又大又正更是難得，你出那樣的價格，不虧心嗎？」白露忍不住在一旁朝小二嚷了一通。

凝洛看向小二。「死當，再加二成銀子。」

那小二打量著凝洛，似乎是在心中掂量了一下，才開口道：「一成。」

凝洛盯住小二，語氣堅定。「二成。」

小二卻一皺眉。「姑娘說的價我們收不了，不如姑娘再回去好好想想。」

能來當鋪的都是急需用錢的人，有幾個會再拿回去細琢磨的？那小二雖然口中這樣說，卻並未將那釵遞出來。

凝洛卻點了點頭。「好，麻煩將釵子還我吧！」

小二明顯一愣，又看了凝洛一眼，見她氣定神閒並無要繼續商量的意思，略一思索便開口道：「我得去問一下掌櫃的。」

凝洛頷首。

做生意的，自然都想著能壓價，但是她不想讓對方太過壓價，適當吃虧可以，但是大虧不行，她還要用這支釵子做本錢。

陸宸有意在當鋪外等著，等了不到一炷香的時間，才看到凝洛從那當鋪中走了出來。

眼睜睜地看著凝洛低頭匆忙離開，那纖細的身影一擺一擺，猶如河邊吹拂的楊柳一般，分外動人。
一時彷彿有一隻狗尾巴草在心裡撓著，癢癢的，但是他咬牙，忍下了，逕自踏進了當鋪。
「喲，陸爺！」小二一見是陸宸，忙從櫃檯後迎了出來。
陸宸家世顯赫，只是行事不羈，喜歡交朋友，涉獵甚廣，街道上酒肆、兵器鋪子，都是他常去的地方，那小二一看他就趕緊上前招呼，知道他是個闊氣的主兒。
陸宸今日卻無心於其他，逕自問道：「方才來的那位姑娘是來典當東西的？當了什麼？」
小二一愣，也不多問，只老實答道：「確實是來當東西的不假，當了一支釵子，品相倒是不錯，還是死當，陸爺幫忙給掌掌眼？」
陸宸笑道：「你們掌櫃的何曾走過眼？拿來我看看吧！」
稍等了一下，那小二已拿著釵子走出來。
陸宸接過去仔細一看，卻見那釵子做工精良，質地上乘，一看就是好東西，且看上去有些年頭，恐怕是長輩傳下來的老東西。
這種東西，她竟然要典當？
陸宸當下便道：「這個我要了，多少銀子？」

「您也知道這是今日剛收的，不想能入了您的眼，既然您開了口，給這個數即可。」小二說著伸出一隻手比劃了一下。

陸宸哪裡計較這等銀錢，當下自懷中摸出一張銀票。「多的先存在這裡。」

小二接了銀子，自是眉開眼笑。

陸宸拿到那釵子，揣在懷裡，卻是覺得懷中熱燙。

這是……林姑娘的釵子。

凝洛拿到銀子，直奔茶市而去，用不了多久，雀舌在茶市上就會聲名鵲起，她要抓住這最後的機會。

走到上回來過的茶樓，樓下的茶鋪卻換了一個夥計。

「姑娘喝茶樓上請，咱們這邊只有茶葉。」那夥計看有人前來，抬眼發現是位姑娘，又耷拉下眼皮有氣無力地說道。

「我們就是前來買茶葉的。」白露上前一步。

夥計又抬了抬眼皮，趴在櫃面上的身子慢吞吞地直起來。「姑娘看要什麼茶，我給您秤。」

「我想見見你們家掌櫃。」凝洛並不想浪費時間。

「姑娘，」那夥計滿臉敷衍，繼續懶洋洋的。「這邊擺的茶隨您挑，不用見掌櫃您也能把茶買走。」

「那價格你也能做主嗎？我不是要個一兩二兩，你這零賣的價格我是不能接受的。」凝洛從容說道。

夥計聞言一愣，又打量了凝洛三人一番，不由笑了。「姑娘，我們這裡是正經做生意的地方，不是胡鬧的地方。」

這位姑娘的衣著略顯寒酸，可不像是能叫得動他家掌櫃的樣子。

凝洛見此，直接推出了十錠子銀元寶。「我有錢。」

夥計一看，那神態就變了，知道這是一個大戶，當下一改之前的敷衍，忙道：「姑娘稍等，我這就去請我們掌櫃。」

凝洛三人站在原地等了片刻，便見一個留有山羊鬚、身穿灰色長袍的人，被先前那夥計引了出來。

「這是我們于掌櫃。」待走近了，那夥計忙幫著介紹道。

凝洛還未開口，那于掌櫃就帶了三分笑，客套道：「怎麼好叫姑娘在這裡等，我們去裡面茶座，好好商談。」

這街面上確實不是談生意的地方，凝洛也不推辭，帶了白露二人隨掌櫃的去了。

在一處雅間落座，于掌櫃又喚夥計上茶，這才帶著生意人特有的微笑向凝洛問道：「姑娘要買什麼？」

凝洛回道：「上等雀舌。」

那于掌櫃聞言，撚著鬍鬚笑道：「不是我誇口，這茶市之上只有我這裡有上等雀舌，而且所存數量不是其他茶商所能比的。」

凝洛微微點頭。「不知是什麼價格？」

于掌櫃打量了凝洛一眼，才不著痕跡地說：「既然姑娘打算多置，那給個優惠的價格，三兩銀子一斤。」

凝洛不置可否，這個價格其實高了些，顯然這于掌櫃真是個生意人。

「我可否先看看茶？」凝洛開口問道。

「自然要先驗貨的。」說著，于掌櫃起身走到門口，喚過一名夥計低聲吩咐了些什麼才又回到桌邊坐下。

「姑娘不妨嚐嚐我們的雲霧，也是上等的好茶。」于掌櫃端起桌上的茶杯向凝洛示意。

「好！」凝洛笑著也端起了茶杯，卻只是端至面前掀開茶蓋看了看，並未就唇去喝。

于掌櫃見狀也就不再勸，兀自喝了一口茶才又放下茶杯笑道：「其實姑娘可以多嘗試幾種茶，每樣都買上一些，比單單買雀舌要好。」

凝洛笑了笑，卻沒有搭話。

「姑娘別嫌我囉嗦，其實我是樂意賣雀舌給姑娘，因為我自己囤了許多。」于掌櫃又呷了一口茶。「可依我過來人的經驗，姑娘最好不要只囤一種茶葉。用同樣的銀子，雖然能多買些雀舌，可畢竟喝這茶的人並不多，姑娘不管是要做生意還是送人，怕是都難以得償所願。」

凝洛聽他說的這話倒還有幾分真心，微笑回道：「其實我是受人所託，要買什麼茶也全是聽東家的。」

買雀舌的事不好向掌櫃的解釋，索性撒個謊。

于掌櫃正若有所思地點頭，便有夥計拿了一包茶葉走進來。

于掌櫃指示著夥計將茶包在凝洛面前打開，自誇道：「上等的雀舌，城中獨一份兒，三兩銀子一斤，這邊零賣都是五百文一兩的。」

凝洛向那茶包中的散茶看過去，並未看到意想中的顏色。

于掌櫃看著凝洛，不過十幾歲的姑娘，哪裡能懂茶的好壞？這姑娘背後的東家想來也是個心大的，竟交給一名女子前來採買。

凝洛以指拈起幾粒茶葉，放在鼻端聞了聞，又在掌心中撥弄著細細看了一番。

誰知道凝洛抬起頭，略有些嘲諷地道：「于掌櫃，這便是您的上等雀舌？這品級，也不過是用來煮茶葉蛋的茶罷了，想來于掌櫃不過浪得虛名罷了。」

于掌櫃一愣，覺得自己受到了侮辱。

一個姑娘家，說話好生難聽，他這種茶葉，就算不是上等的，但也是中等水準，竟然說是煮茶葉蛋的？

凝洛挑眉，淡定地看著于掌櫃惱火，笑了。「我只以為掌櫃這裡有好茶，這才過來，不承想竟是這等貨色！罷了，是我錯信了。」說著，起身就要走。

「姑娘留步！」于掌櫃忙起身攔住她，咬牙切齒，卻仍是不死心。「妳倒是說說我這雀舌哪裡不好？」

凝洛回轉身，伸出手掌給于掌櫃看那幾粒茶葉。「上等雀舌應該是嫩綠潤澤，你這雀舌的顏色一眼望去卻泛著褐色，雖說有一種極品雀舌是褐綠近黑色的，可您這種卻是半綠泛褐，完全沒有那極品雀舌的品相。」

于掌櫃嘴硬道：「只看色澤哪裡能看出茶葉好壞！」

凝洛點點頭。「確實，那我們再看其他的。」說著，她拿起一粒茶葉。「上等雀舌對茶葉要求極高，這一枝多芽。」將那一粒扔回手心，她又拿起另一粒。「這一枝芽太長。」再扔回去再拿。

「這一枝是病芽。」

「這一枝有蟲傷。」

「這一枝偏瘦。」

凝洛手中不過捏了數十粒茶葉，被她挑出毛病的竟有七八。將手中所有茶葉都扔回茶包中，凝洛又輕輕拍了一下手上的灰塵，才向于掌櫃繼續說道：「可以想見，這樣的雀舌沖泡的茶水必定寡淡無香，莫說一斤三兩銀子，就是三文錢都是給多了。」

這時候周圍也有其他人要買茶葉的，聽到這個，都不由敬佩地看著凝洛，也有的開始笑話凝洛。

于掌櫃羞愧又無奈，只好趕緊命人將凝洛請到後面，恭恭敬敬地一拜，拱手向凝洛道：「姑娘淵博，在下佩服！還請姑娘給幾分面子。我這裡倒有點品相稍好的雀舌，煩勞姑娘再品鑒品鑒？」

于掌櫃此時連「上等雀舌」這樣的話都羞於出口了，他是真被這小小姑娘給嚇到了。

「如此甚好。」凝洛也不是要來踢館，她是來買茶的，自然知道適可而止的道理。

于掌櫃見狀忙向門外高喊。「快去將我那雀舌取來，最好的那種！」

「不想姑娘小小年紀竟有這般鑒茶的本事！」于掌櫃向凝洛誇讚道，心中自然敬佩不已。

凝洛輕笑了下，沒說什麼。

即便是前世，她的人生閱歷也談不上多，可大抵是經歷過生死的緣故，回到十四歲，再看世事便自覺洞察許多。

很快有夥計再次送了茶葉進來，于掌櫃又陪著笑說道：「請姑娘過目。」

確實是上等的雀舌，一看就覺得不同，再細細相看了一番確實無可挑剔。

于掌櫃對這雀舌的品質自然是驕傲的，還喚夥計沖泡了一壺送來，凝洛品了一小口，確實是上品。

「三兩銀子一斤，絕對超值。」于掌櫃緊張地看著凝洛飲茶的表情，發現凝洛並無半點不滿之後才說道。

凝洛微微點頭。「平心而論，三兩銀子一斤算不得貴，可是……」

凝洛看了那于掌櫃一眼。「我只能出到二兩銀子。」

于掌櫃皺眉，沒想到凝洛會給出這樣的價格，不由將茶葉放在掌心中攤給凝洛看。

「我看姑娘也是懂茶愛茶之人，這樣上等雀舌，這樣的品相口感，姑娘只出二兩銀子？」

凝洛悠閒地端起那杯雀舌輕啜一口。「確實甘爽清香，餘韻悠長……」

于掌櫃盯著凝洛的動作，想聽她接下來以什麼由頭討價還價。

她若是再挑剔下去，只怕回頭他這裡客人都被她說跑了。

「可是掌櫃的，」凝洛放下茶杯，淡聲道：「飲茶要新，您囤了這許多雀舌，若是長時間放下去，這上等雀舌就變次等雀舌了。不便宜些，我多拿上一些，您也好回本。」

于掌櫃聽了凝洛的這番話不由失笑。「我這上等雀舌還愁賣不成？」

雖然話這樣說，他心裡到底掂量起來，今年囤了許多雀舌，確實是他一時衝動了。

凝洛淡聲道：「掌櫃的方才還說，喝這雀舌的人並不多呢！」

于掌櫃一滯，想到方才自己說過幾句肺腑之言，不過是看對方一個姑娘家而誠心勸導幾句，不想竟是給對方透了底。

于掌櫃想了想凝洛的話，也確實想多出貨好回本，哪怕少賺一些甚至賠一些，也比茶葉放久了賠得更多要好。

何況，他拿到銀子可以再去進更走俏的貨，最後算下來也未必算賠，可二兩銀子也未免太低了……

于掌櫃看著凝洛年紀不大，不料壓價倒是壓得狠。

「姑娘打算要多少？」于掌櫃又問了一個他比較關心的問題。

「五十兩銀子，二十五斤。」凝洛便是多要也沒銀子了。

于掌櫃連連搖頭。「姑娘得給我留點活路，這樣吧，五十兩銀子，我給妳二十斤。」

他囤了這雀舌又放了一段時間，不賺上一些還是不甘心。

「我看于掌櫃也是爽快的生意人。」凝洛索性站起身。「我出五十兩銀子，也不要你二十五斤了，你給我二十三斤怎麼樣？」

于掌櫃迅速心算了一番，還是一臉肉疼的表情。「姑娘再饒我一斤，二十二斤。」

凝洛知道這個價基本已經壓到極限了，況且，用不了多久，這雀舌的價格開始不斷翻身的時候，這于掌櫃怕是要悔得跺腳。

「二十二斤……也不是不行，那麼掌櫃的再包上三兩給我回去喝總可以吧？」凝洛笑著向于掌櫃提道。

于掌櫃只覺那才是真正的笑裡藏刀，一刀刀把他的利潤削到最薄。

可他也認了，好不容易碰到一個能吃下這麼多雀舌的客人，可不能輕易錯過這個機會。

「成交！」于掌櫃心疼地說道。

買賣成交，凝洛總算鬆了口氣，旁邊的于掌櫃卻心裡暗樂。

等到凝洛走了，他不由哈哈一笑，總算是把這些東西清出去了，這種東西越囤越落價，別看這姑娘懂茶，可是她卻不懂買賣！

早晚有她後悔的，等著瞧吧！

凝洛不知道這位于掌櫃在後面嘲笑自己，她回到家門口，先讓白露去芙蕖院喊了兩個小廝出來，幫著把茶葉放到她安排人騰置出來的房間，才打發了車夫，然後和小滿一同進門。

不料，卻遇見了凝月。

凝月滿腹狐疑地打量著凝洛，凝洛本不想理她，卻被攔了下來。

「妳在做什麼？」凝月頗有些審問的意味。

「我做什麼，什麼時候需要向妳稟報了？」

凝月又上下打量了凝洛一番，最後斜著眼睛同凝洛說話。「妳出去做什麼了？為什麼妳的丫鬟和小廝先回來了？」

「妳在後面帶著一個沒用的丫鬟……」凝月的眼神落到小滿身上。「妳手裡拿著什麼？」

說著，凝月伸手向小滿手中搶去，小滿忙將東西護在懷裡躲開了。那是凝洛多要的那三兩雀舌，沒姑娘的吩咐，她不能讓二姑娘看。

凝月搶了個空，不由怒從心起，向著凝洛沒好氣地說道：「妳肯定有事，主僕全都鬼鬼祟祟的！」

「我鬼鬼祟祟？」凝洛冷笑一聲。「我再怎麼也不及妹妹鬼鬼祟祟吧？竟然去我屋裡做賊！」

凝月一時大怒，朝凝洛撲了過去。「妳胡說八道！」

小滿見狀，也顧不得護著懷裡的茶葉，忙飛身上前護住凝洛，生生攔住了凝月。

凝月被小滿攔住，卻將胳膊繞過小滿的肩頭想要伸手去撓凝洛，口中仍不依不饒地道：「妳最近總是不聲不響地出去，也不知在搞什麼鬼！」

小滿自然不敢真的放開凝月，凝洛卻乾脆上前一把拉開和小滿膠著的凝月。「妳發什麼瘋，在這裡無理取鬧！」

凝月被凝洛拉開倒也平靜了一些，拉了拉弄皺的衣襟，向凝洛嘲諷道：「我是怕妳壞了林家的名聲！」

「妳也不必口口聲聲拿林家的名聲說事。」凝洛冷冷地看著她。「我在做什麼我自己清楚，就怕有一天妳不知道自己在做什麼！」

同樣是十幾歲的姑娘，凝月怎麼就能跟著杜氏，做出把她塞給陸宣的勾當！

凝月不懂凝洛在說什麼，卻仍強詞奪理。「我做什麼自然是為了林家好！」

凝洛挑眉。「是嗎？跑出去東勾搭、西結交的，趨炎附勢，沒事再做個賊，也是為了林家好？」

凝月到底是小姑娘，臉皮薄，被凝洛這麼一說，頓時臉紅。「妳——」

「我看妹妹還是回去好好讀書，免得壞名聲傳出去，到時候只怕嫁不出去只能在家當老姑娘了。」

這話，讓凝月氣得險些哭了。「妳，我告訴爹去！」

凝洛淡淡地瞥她一眼，都懶得搭理了。

去告狀，她也只有這等本事了。

此時，凝洛有雀舌在手心中，略略寬慰了些。

有了雀舌，她很快就能拿到一筆銀子，有了銀子，她以後才能更好地施展，如今只需靜候就是了。

她每日在房中或讀書或寫字，偶爾和丫鬟們做做針線，還曾向宋姨娘討教過花樣，打算就這麼靜靜等著雀舌的價格上揚。

第十章　陸家壽宴

杜氏從來都是不甘於平淡的人，好不容易上香的時候結識了陸家姑娘，她怎麼能錯過繼續深交的機會？

她到底還有些凝洛參不透的手段，竟然真的勾搭上陸家，然後千方百計想與陸家攀上關係。

杜氏以凝月的名義給陸寧送些稀奇的玩意兒，自然都不是什麼貴重的，卻是十幾歲姑娘家見了便歡喜的。

一來二去，杜氏母女總算跟陸家也能說上句話，甚至陸家老太太的壽宴，都給杜氏拿到請帖。

杜氏高興壞了，少不得要在眾人面前炫耀一番，先是拿著那燙金的請帖誇了一番。「你們看看，這名門望族用的東西就是不一樣！這樣的紙張，這紙張顏色……」杜氏嘖嘖有聲。「再看看這字體，哪樣都透著富貴之氣！」

凝月在一旁自是笑顏逐開。

林成川矜持地看著杜氏，而出塵倒是對那被杜氏誇出花來的請帖有幾分好奇，卻被宋姨娘拉在一旁動彈不得。

「老爺，」杜氏又轉向林成川。「我為了這張請帖確實費了不少心力，可陸家能給咱們家發請帖，可見是知道咱們的。老爺為官十幾載，也知道能跟陸家這樣的人家攀上關係有多難吧？」

說完，杜氏又看向凝洛。「母親這般苦心經營為了什麼？還不是為了妳們姊妹！眼看著妳們就到了說親的年紀，不與那些貴夫人們打好交道，怎麼給妳們尋門好親事？」

杜氏絮叨起來就沒完，說著又開始唸叨這兩個女兒的親事多讓她愁心，想起來就吃不下睡不著的，直到把林成川也唸煩了。

「好了！」林成川將請帖放到桌上。「夫人這些年著實辛苦了。去陸家參加壽宴的人必定都是有頭有臉的，還要麻煩夫人多結交結交。」

杜氏覺得這倒像話，認同地點點頭。「老爺說得是！」

林成川繼續道：「去時也該好好裝扮裝扮。如今現做怕是來不及了，夫人多拿些銀子去成衣鋪挑挑吧！」

凝月一聽有新衣服穿馬上就高興了，向著杜氏嚷道：「母親得讓我自己挑合心意的！」

杜氏猶豫了一下，卻不是為凝月的這句話，她的眼神看向了凝洛。

她拿請帖之前，心裡想著到時候帶著凝月過去長長見識，見見人，可給請帖的人好像說陸家還特意提到了凝洛。

她原不想帶凝洛去，可這麼一來，她也無可選擇。

只是在成衣鋪，杜氏推脫說那些衣服全都不適合她的身形，而把她的那份銀子給了凝月。凝洛拿著杜氏「公平分配」的銀子，所能挑選的衣物自然比不上凝月的。

凝洛對這種事已經習以為常，她倒是並不在意，甚至於穿一些不好的衣服過去，免得引起陸家人注意，對她來說倒是省卻了麻煩。

是以對此，她也沒說什麼。

壽宴那日，凝月一大早就起來打扮，為了顯得身形飄逸一些，她前一晚開始就不再進食，連水都很少喝。

凝月將房裡俐落些的丫鬟全使喚上了，先是梳了各種髮髻，再試了好幾種妝面，最後總算在杜氏的催促下走出來了。

她穿了一件石榴紅齊胸襦裙，外加一件百蝶穿花褙子，頭上珠翠遍插，髮髻是城中正流行的，妝面也是眉毛眼睛無一處不用心的。

凝月覺得自己今日用「光彩照人」來形容絕不為過，即使見了其他家的姑娘們，也是毫不遜色。

同杜氏和凝洛一起往馬車走的時候，凝月看著凝洛是一身素淨，心想就算凝洛姿色尚可，不用心打扮，看起來也是寡淡。

又走了幾步，凝月突然發現凝洛落在後面，她自得一笑，心裡想著，凝洛恐怕是被她比下去，故意在後面磨蹭吧？

這麼想著，凝月驕傲地回頭，卻見凝洛一身素淨，只戴著一朵不知道從哪裡摘來的桃花。

那棵桃樹不知為什麼開花比園子裡的晚，卻比園子裡開過的那些都更加粉嫩舒展。如今，一朵桃花正盛開在凝洛的髮間，襯著她素淨的衣裳和天資絕色，說不出的靈動。

凝月頓時覺得自己所有的努力都不如凝洛那輕輕一攢，方才她還覺得凝洛寡淡，因著那隨意的一簪，突然就生動明亮起來。

且說一行人來到陸府。

陸家老太太看起來是個和藹的人，頭髮雖白了大半，卻梳理得一絲不苟，又如銀絲般閃著光澤，倒讓杜氏在心中暗暗稱奇。

陸老太太臉上有皺紋，卻因著一張富態的臉而不那麼明顯，右手拄著一根紅木手杖，拇指上一枚滿綠的翡翠扳指格外引人注目。

杜氏帶著凝洛、凝月上前給陸家老太太拜壽時，旁邊有人小聲提醒堂下為何人。

陸老太太自然不知道什麼林家，但想著許是下邊兒孫們的客人也笑著應承了。何況杜氏身後的一個女兒頗得她眼緣，老太太便留了三人說話。

杜氏求之不得，在椅上斜著身子，挖空心思想要跟老太太多聊幾句。

老太太的眼神卻落在凝洛臉上。「妳家這姑娘生得可真好看！」

杜氏看老太太關注凝洛便尷尬一笑，心裡卻難受死了，怎麼好好的誇她好看？她分明一臉素淨！

老太太見杜氏竟然不回話，輕笑了下，卻是問身邊的媳婦。「妳們看看，像不像那畫裡的仙女？」

老太太都誇了，眾人自然紛紛點頭稱是。

此時，陸寧站在老太太身邊，好奇地打量著凝洛，她覺得凝洛看著順眼又雅緻。

「過來，近一些，讓我細看看。」老太太向凝洛招招手，臉上的笑容溫和親切。

凝洛大方走過去，再施一禮。

老太太笑得皺紋都深了些，眸中滿是喜歡和欣賞。「這孩子看著真不錯，我一看就喜歡！」

凝洛移步走過去時，凝月藏在衣袖中的手不由得握成了拳。

「林姑娘閨名？」老太太拉著凝洛的手還未開口，一旁的陸寧便搶先問道，可見也是在老太太面前受寵慣了。

「凝洛。」凝洛看向陸寧，這位在陸家受盡百般寵愛的姑娘她前世倒也見過，只是對方卻不曾拿正眼看過她罷了。

「是哪兩個字？」老太太接著問道。

「帶岫凝全碧，西涉清洛源。」凝洛輕聲答道。

這兩句並非出自同一首詩，可經由凝洛娓娓道來，卻讓人有種渾然天成之感。

老太太年輕時也是個愛詩詞的人，聽凝洛這麼介紹自己的名字，心中不由十分欣賞，對凝洛又多了一層喜愛。

陸寧從小在老太太身旁長大，受老太太薰陶也對詩詞頗有研究，見凝洛不但人長得漂亮，詩詞均能張口就來，也生出親近之心。

「祖母，」陸寧偎在老太太身旁。「聽了林姑娘這兩句詩，我突然有個想法。」

「妳又有了什麼點子？」老太太點了點陸寧，言語間盡是寵溺。

「我們在這兒乾坐著也是沒趣，不如輪流吟誦帶有自己名字的詩詞，誰若答得不好，待會兒宴席上就罰她吃酒！」陸寧眉飛色舞地向老太太說道。

老太太倒是聽得哈哈笑，直點著陸寧的額道：「就妳鬼點子多！」

「那從我開始了！」陸寧笑著向眾人提議。

同陸家往來的這些女眷也都不是等閒之輩，自然都紛紛附和，還有摩拳擦掌躍躍欲試的。

老太太掃了一眼眾人又加了一句。「就妳們幾個姑娘家玩兒就好，沒得讓夫人太太們搶妳們風頭。」

都是有來頭的人，若是十幾歲的姑娘出個錯，哈哈一笑也就過去了，要是讓夫人太太們出醜反而不美。

杜氏聞言總算鬆了一口氣，她年輕時背誦的那些詩詞早就忘到腦後，這些年經營內宅鑽營關係，又何曾讀過書呢？

凝月則在心裡默默回憶跟自己名字有關的詩詞，月字雖常見，但也要誦兩句新奇的才能出彩。

陸寧又看向凝洛，微笑道：「我單名一個『寧』字，說起來倒好像占了兩個字姊妹們的便宜，不如大家都用最後一個字，可好？」

凝洛微笑著點點頭，想起前世陸寧對她的態度，心中竟有些唏噓。

「寧可枝頭抱香死，何曾吹落北風中。」陸寧像是早已想好，見凝洛一點頭便吟出一句。

凝洛看陸寧的眼神飄向她，也開口道出一句。「直須看盡洛城花，始共春風容易別。」

陸寧像是有些懊惱般地笑道：「這可便多了！倒讓妳占了便宜。」

接下來是幾位做客的姑娘，輪到凝月的時候，凝月規規矩矩地說了一句「江月何年初照人」。

只是第二輪她那句「江畔何人初見月」一出口，陸寧便不依了。「這是耍賴了！妳那一首〈春江花月夜〉有多少個『月』字？照妳這麼玩，得誆了人家多少首詩去！」

凝月面色一紅，她原本就這麼打算的，反正詩句中有「月」字便得了，不意被陸寧拆穿了不算，在場的姑娘們都紛紛附和。

凝月只得硬著頭皮笑道：「我再換一首便是。」

都是才情出眾的姑娘們，七、八輪下來，每位姑娘竟是越接越快，凝月根本沒心思聽別人的，只一心苦想帶「月」字的詩句。

又過了四、五輪，漸漸便有人速度慢了下來，這其中自然包括凝月。

幾位姑娘面色就有了些凝重的意味，倒是陸寧和凝洛仍舊怡然自得輕鬆應對。

也不知又對了幾輪，凝月連「床前明月光」這種詩句都用上了，還是滿面羞色地敗下陣來。

作為第一個背不出詩句的人，凝月心裡惱得很，惱提這個主意的陸寧，更惱正在出風頭的凝洛。

見有人退出，其他姑娘心中也輕鬆許多，對不出的時候就大方一笑。「我輸了！」待到最後，只剩陸寧和凝洛兩個人。

陸老太太在一旁看著，倒是笑得合不攏嘴，看到陸寧和凝洛又你來我往了幾句，不由笑著打斷。「俗話說『文無第一』，我看妳們兩個也不必非要分個勝負，就這樣吧！」

二人聞言停了下來，在座的夫人便有誇讚的。「陸家姑娘小小年紀有這般才情，真是了得！」

陸老太太又撫掌笑起來。「她呀！我看她馬上就『黔驢技窮』了！倒是這位林家的姑娘，我看是個好的！」

「老太太就會在人前打壓我！」陸寧一跺腳，噘起嘴佯裝不快，倒惹得眾人齊笑起來。

陸寧在笑聲中看到半笑不笑的凝月，笑道：「凝月，怎麼從前不見妳提過，妳有一個這樣的姊姊？」

凝月本來就因為不如凝洛而難堪至此，不想陸寧一句話又將眾人的關注點引到她身上，一時支支吾吾地竟不知說什麼好。

「陸姑娘有所不知。」杜氏勉強笑著替凝月解圍。「我們家這位大姑娘從前不愛出門不愛說話的，今日這番風采，我們凝月也是頭一次見呢！」

她這一說，大家都有些尷尬起來。也有人暗地裡笑，心知這是後娘根本不帶繼女出來，想必平時什麼作為都能猜出來。

唯獨杜氏，自己丟了人還不自知，只當大家在笑凝洛。

陸老太太見此，打了個圓場。「行了，妳們這些年輕人就都出去玩吧！在我這屋裡也是拘著，妳們出去了，我們也能說說姑娘家不能聽的話！」

一席話說得夫人們又都笑了，這類的宴席便是如此，讓年輕人彼此認識認識、遊玩一番，夫人們可以就子女們的親事交流一番。

凝洛隨著姑娘們去陸家的園子，陸寧倒是對她很好奇，跟在一旁問都讀了什麼書，比凝月大幾歲之類的問題。

當得知凝洛和凝月同為十四歲時，陸寧愣了一下，然後尷尬地笑了笑，沒有繼續再問。

凝洛也看著陸寧笑了笑，陸寧本想再找尋別的話題，走在前面的一位姑娘卻突然回頭喚她，她向凝洛道了一聲「失陪」，快步走向前。

凝洛看著陸寧走到那位姑娘身邊，嘻笑著交談了些什麼，然後一同前行，令她不由地想起前世。

那時候她沒名沒分地跟在陸宣身邊，這位陸姑娘見了她都是鼻孔朝天的樣子，甚至每每還要刁難她一番，她就認定陸寧刁蠻任性不講理，卻從未想過，陸寧對別人不是這樣的。

就比如她現在與陸家並無關係，陸寧便對她友好起來，甚至從那份友善中，凝洛能感覺到陸寧是喜歡她的。

此時，凝月磨磨蹭蹭地走在最後，覺得自己今日很丟臉，心裡滿是怨恨，尤其她明明認識陸寧在先，明明是她與陸寧來往在先，可凝洛好像一下子就吸引了陸寧的關注，令她心中簡直又氣又恨。

凝月在後面怨毒地盯著凝洛的背影，看到陸寧被別家的姑娘叫走的時候，心裡還竊喜了一下。

就算陸寧對凝洛有些新奇，可還是會被她那個高貴圈子裡的人一呼即走。

陸家園子裡也有一片湖，比凝洛姑姑家的自然要大上許多，據說這片湖底連著城外的河，是一片活水。

縱然是活水也不像山澗的淺溪那樣清澈，凝月看著那渾濁的湖水，突然浮上一個不懷好意的笑。

凝洛走在湖邊有些緊張，她原打算遠離這池讓她心生恐懼的湖水，可看起來通往陸府園林的路只有湖邊這一條，她只有硬著頭皮跟在人群後面。

從前她只想著大不了此後遠著這些湖啊河啊，可如今看來，還是克服自己的恐懼更現實一些。畢竟有些場合難以走避，若讓人看出她面對水時的那種緊張，只怕會落下笑話。

凝洛努力挺直脊背，心中不斷告訴自己，她離水還遠著，不會掉進去，只要目視前方，跟著前面的人走過這段就好了。

「凝洛，在家的時候可沒見過妳有什麼才情啊？」凝月突然擠到凝洛身側，使得凝洛離湖水那側近了些。

凝洛不著痕跡地快走幾步，想要甩開凝月離湖邊遠些，誰想凝月竟緊緊跟著，倒擠得她離湖邊更近。

見凝洛不理她，凝月又假笑道：「要不是知道妳和陸寧之前不認識，我都懷疑妳們兩個今日是串通好了！」

凝洛輕蔑地看了凝月一眼。「原來妳是因為這個，放心，沒人將妳今日的表現放在心上。」

凝月被凝洛的話激得又羞又惱，她學識不如人也就罷了，沒人將她放在心上，可不就是說她可有可無嗎？

「妳今日很高興吧？」凝月向凝洛諷刺道。「不光那張臉會勾人，連嘴皮子也索利起來。」

凝月心中還是納悶，從前凝洛就像個鋸了嘴的葫蘆，最近交鋒她卻屢屢敗下陣來。

「妳都在想些什麼？」凝洛無奈地瞥了凝月一眼。「有那些揣摩的工夫，倒不如去多看幾本書！」

二人說著話，走到一處小徑較為狹窄的地方，尤其湖邊又有一棵樹，可供落腳的地方就更小了。

前面的人已經轉過彎去，此時只剩她們二人。

「妳看那水面上漂著什麼？」凝月突然指向湖面，聲音裡好似有驚恐一般。

凝洛下意識地順著凝月的手指望去，卻感覺到身後的人狠狠地一掌襲來。

湖水很髒，湖邊的水雖然淺些，可掉下去免不了要髒了衣裙。若拎著骯髒的裙襬爬上岸，只怕會成為今日壽宴上的笑話。

離得湖邊近了本來就容易滑下去，凝月本來打的就是這個主意，故意占了遠著湖邊那側的路，最好凝洛是自己滑下去。

凝洛雖然同她說著話，腳下卻很小心，可是走到這處絕佳的地點，正值前後無人，凝月忍不住出手了。

只是凝洛雖然被凝月的那聲驚呼把注意力引到湖面上，可到底還存著對凝月的防備，當感覺到身後的動靜不對時，她已經飛快閃身並拉住那隻手，直接往湖邊方向甩過去。

凝月根本沒反應過來，她本是要推凝洛下水，最後卻是自己被推下湖。

凝月狼狽地在湖水中掙扎了幾下，總算抓住湖邊那棵樹的樹根。

「凝洛！」凝月氣急敗壞地大喊。「妳個沒良心的！」

凝洛又往後退了一步，免得湖邊的泥土弄髒了繡鞋，她閒在一旁看著凝月濕透的衣裙，突然覺得自己不那麼怕水了。

「妳個黑心黑肺的！妳推我做什麼？」凝月忍不住破口大罵，天氣雖暖了，可水中到底是涼的，她縮著身子發抖，卻不敢放開抓著的樹根，生怕自己會隨水漂走。

凝洛並不打算去拉她一把，反正只要不顧及形象，總是能爬上來，況且，水裡的人根本毫無悔意正怒罵她呢！

「我怎麼推得了妳呢？」凝洛嗤笑一聲。「妹妹妳可是走在離湖邊遠的那一側呢！」

凝月氣急，又因為身上發冷，嘴唇也跟著抖起來。「妳個賤人存心害我！我……我要……」

「噓！」凝洛豎起食指向凝月做了個噤聲的手勢。

凝月不由地收了聲，卻聽凝洛戲謔道：「小聲點，讓貴人們看到妳這副樣子就不好了！」

「妳別……」凝月反應過來，又要嚷些什麼。

「妳別打算去告狀。」凝洛再次打斷了她。「妳若是想找人做主，那就先說說為什麼騙我走到這個地方。」

凝月一噎，還不知如何應對，只見凝洛施施然離開了。

凝洛走上前，突然覺得這湖光山色實在是美不勝收，一轉彎卻被立在樹下的人嚇了一跳。

她本來沈浸在自己好像已經不怕水的輕鬆心情裡，驀然一個人影出現在面前倒讓她一驚。

細看過去，那人立在桃花樹下，紫袍玉帶，氣質尊貴，神態豪邁，春風吹過時，墨髮飛揚，袍角翩翩，竟是有仙人之姿。

這人卻是陸宸。

陸宸已經數日未曾見過這位林姑娘了。

自從那日他得了林姑娘的釵子，便藏在懷中，每每想起來時，忍不住把玩一番。明知道這是姑娘家的私密之物，自己一個外男得了，這樣把玩是對人家姑娘的唐突，但就是忍不住，想看看這釵子。

每看一次，便想起那林姑娘的身姿，曼妙嬌軟，看得他呼吸艱難，身體彷彿燃了火一般。

他也想還給她，只是苦於沒有機緣。若是貿然讓人送過去，只怕她心生驚惶提防，反而不妙。

好不容易知道自家宴席要邀請林家，他乘機囑咐底下人，做了手腳，命人將她也請來。

他早就等在這裡看了，等著能碰上她，卻不承想，竟然看到了讓他意想不到的一幕。

一家子的姊妹有爭執，他倒是能明白，況且她們是同父異母的姊妹，她又在繼母手底下過活，想必日子並不好過，才至於姊妹間生了這樣的仇怨。

這麼想明白後，他看著林凝洛，眸中不禁泛起一絲憐惜。

她這樣的姑娘，被妹妹陷害，奮力反手去推妹妹，想必是被逼急了。

然而凝洛並不知道他心中所想。

她一回頭就看到他，看他站在那裡。他背後是一棵筆直的楊樹，新綠的葉子紛紛舒展著，在微風中反射著些許太陽的光芒。

樹下的陸宸負手而立，也許是長久習武的緣故，那站姿也比尋常人更挺拔一些，和那棵楊樹並立在那裡，倒也能成一景。

他眸中泛起的好像是……同情？

他好像知道方才發生的事情，也好像看見她方才所有的作為。

凝洛面上便有些窘迫。

她不知道到底怎麼了，為什麼她兩次的狼狽都恰好被他看到？還不知道他心裡怎麼笑話自己？

抿抿唇，凝洛低下頭，稍對他見了禮，便轉身要離開。

陸宸見她要走，忙道：「姑娘留步。」

聲音沙啞性感，帶著男子特有的低沈雄渾之感。

凝洛心尖一顫，咬唇，不動了。

陸宸快步走到她面前，之後遞上來一物。「姑娘，這個給妳吧。」

凝洛低頭看過去，待看清他拿出的東西卻是一驚。

「這是件老物什，就這麼當掉，可惜了。」陸宸拿著凝洛典當的那支釵遞向她。

凝洛看向那支在她手中只待了一日的釵子，又想起當鋪外遇見陸宸，越發窘迫。

她沒想到他竟然贖回來，還要還給自己。

陸宸見她不接，又追了一句：「姑娘家的東西，不該流落在外。」聲音體貼，透著暖意。

凝洛只覺雙耳發熱，眼裡慢慢地泛起濕潤。

或許是因為上輩子從來沒有人對她這麼好過，以至於她竟然有些感動。

她深吸口氣，接過那釵子，低著頭，想著要和他說什麼，但是又說不出口，最後只能低聲道：「謝謝陸爺，來日小女子若是有了銀子，定會還給陸爺的。」

陸宸垂眸看著小姑娘輕輕顫動的睫毛，那睫毛泛著潮氣，像極晨間的露珠，隨著那睫毛的顫動，露珠瑩潤，看得令人心憐又心疼。

他甚至想著，這樣的小姑娘，如此纖弱柔媚，應該是被人捧在手心裡疼著，怎麼會遇到那樣的繼母，竟然被逼著去當鋪賣東西？

尋常姑娘，諸如陸寧，那是連當鋪是做什麼的都不知道。

當下陸宸輕笑一聲，卻是不在意。「區區一點銀子，姑娘若是和我客氣，倒是小看了我，不要再提就是。」說著，又道：「修園子的時候只顧看起來參差錯落，修好了卻讓人容易迷路。不過順著湖邊總能走出去，或者從假山這邊走，也可以繞出園子。」

凝洛聽他這麼說，知道他這是給自己指路，待要謝他時，卻見他已經邁步離開了。

當下目送著他的背影，倒是看了好久。

第十一章　冤家

卻說凝月在那裡兀自掙扎許久，終於有一個負責修剪園子花草的丫頭路過湖邊，正看到凝月手腳並用地爬上岸來，那丫頭一驚，本想喊人幫忙，卻被凝月制止了。

「妳帶我去換身衣裙就好。」凝月攥了一把衣角，卻又看著兩手的污水嫌棄不已。

「我哪有衣裙能給姑娘您換啊！姑娘還是稍等片刻，我去找個能管事的人來吧！」

凝月再想攔卻終於沒有說出口，一個低等的丫鬟，確實拿不到什麼像樣的衣裙，待會兒她總不能穿著陸家下人的衣服出現在大家面前。

最後到底是傳到陸寧那裡，陸寧派了身邊的大丫鬟帶著凝月去換了衣裙，凝月這才能擺脫掉被湖水浸透的髒衣。

凝月很心疼她的新衣，那可是她千挑萬選買來的，杜氏不但把自己的那份銀子給了她，還偷偷又拿私房錢貼了不少。

方才在陸老太太房裡，她私下打量滿屋的姑娘們，她的衣裙即便不能說是出類拔萃，也是毫不遜色的。若是沒有什麼對詩詞那一齣，這身衣裙絕對給她長了不少臉。

都怪該死的凝洛！也不知是走了什麼運，竟然入了陸家老太太的眼，還把之前與她交好的陸寧搶了過去。

凝月恨恨地想，偏偏她落水的事還不能跟人說出實情，也唯有吃了這啞巴虧。當下心裡氣恨，只把凝洛罵了一百零八遍，卻無濟於事。

回到杜氏身邊，杜氏顯然也聽說她落水換衣裙的事，便問凝月怎麼落入湖中。

凝月想到凝洛之前的話，又礙於外人在場，只得承認是自己不小心摔了進去。

杜氏立即就生出一肚子埋怨來，卻不好當著外人發作，只得伸出手指向凝月額上戳了一下恨道：「妳都多大的人了還這麼不小心！」

凝月從那一指頭的力度便能明白杜氏窩了一肚子火，卻也只能咬牙忍了。

誰知杜氏還不解氣，又低聲向凝月埋怨。「那麼多的姑娘，人人都好好的，偏生妳掉下去！難道就不知道離那種地方遠一點？好好的衣裳穿出來讓妳出風頭呢，妳倒好，跳湖裡去糟踐了！」

凝月聽得咬牙切齒，又不好反駁，也氣杜氏毫不擔心她溺水沒有、受涼沒有，更氣掉下湖的不是凝洛。

她明明是想凝洛出醜，就這麼忍氣吞聲，可真不甘心！

宴席上，凝月食不知味地盯著凝洛，又見陸寧熱情地為凝洛介紹菜色，一雙眼恨不能噴出火，將凝洛臉上燒出兩個洞來才好。

凝月只覺眾人看向自己的目光都帶著取笑的意味，她穿著陸寧的衣裙，雖然是半新的，那料子樣式也不過時，可到底不是自己的，她與陸寧的氣質又完全不同，穿起來總覺得怪怪的。

去別人家做客卻落水換衣裙，這件事肯定會被當作談資，在這些貴夫人和姑娘間流傳許久。

想到這裡，凝月又暗暗瞪了凝洛一眼，凝洛卻正笑著跟陸寧說些什麼，沒有看到她的眼神，一時讓她更加氣憤。

陸寧一向是個活潑愛玩的人，難得今日興致高，在席後迫不及待地向她那群姊妹們招呼。「方才守著長輩們，咱們吃酒也不能盡興，不若去院中玩投壺，誰若輸了便罰酒如何？」

「我看就妳一個人不盡興吧？」一位著水紅衣裙的姑娘向陸寧打趣道：「想來是方才的兩杯桂花釀將妳肚裡的酒蟲給勾出來了，過會兒別人若是輸了罰酒，妳輸了我們要罰妳喝水，偏不讓妳如願！」

陸寧顯然與那位姑娘十分熟稔，伸手便作勢要去抓她。「就妳事多，看我待會兒贏妳幾局，非把妳灌醉不可！」

那姑娘躲開陸寧的手。「都看看，陸家姑娘要咬人了！」

一時惹得大家都嘻嘻哈哈笑起來。

凝月在一旁看得羨慕不已，她也想和陸寧這樣熟絡。之前她以為能和陸寧相互送個小禮物，彼此聊些京中流行的衣物妝面已是十分要好了，不意真正的要好是這樣子。

在院中擺好了投壺，又有人給眾姑娘分發箭矢。

凝洛打量著手中的箭矢，卻見與往日常見的不同。

竹製而成，卻比常見的要小巧一些，想來是特意製來給姑娘們玩，又見那箭身雕刻了花紋，更是細微之處見精巧。

「凝洛！」

凝洛正看著手中的幾支箭矢出神，便聽陸寧喚她。「這邊來！」

見她身旁空出一個位置，凝洛微笑著走了過去。「陸姑娘一看就是很會投的！」

「在玩什麼？」一個略帶慵懶的聲音傳來，嬉笑的眾人不由齊齊看過去。

凝洛卻身子一僵，這個聲音太過熟悉，她不用去看也知道是誰。

那是陸宣，陸宣來了。

「二哥！」陸寧笑著向來人喚道。

「陸宣哥！」常和陸寧一起的姊妹，顯然也認識正走過來的翩翩公子。

凝月也和眾人一起望過去，見一位玉樹臨風的男子面含微笑走了過來。

凝月見他衣袂飄飄翩然而至，眼神不由落在他的臉上。從前凝月總覺得陸寧的五官單看是美，合起來總覺得哪裡差了點意思。

可這樣差不多的五官放在男子臉上，就變成令人過目不忘的英俊。一對英眉斜飛入鬢，鼻梁英挺，一雙桃花眼無意地看過來似是含情，薄唇正抿著而嘴角上揚，帶著讓人心動的微笑。

凝月從某幾個姑娘向陸宣打招呼的聲音裡聽出了雀躍和愛慕，那種難以隱藏的欣喜還真是騙不了人。

陸宣一向愛跟陸寧和她的姊妹們一處說笑幾句，在他看來，這些姑娘都很美好，與這樣天真爛漫的姊妹們在一起，他往往是輕鬆而愉悅的。

陸宣走過來，同紛紛笑著喚他哥哥的姑娘們打過招呼，才剛將眼神落回陸寧處，便見陸寧身旁立著一位與眾不同的姑娘。

其他人就算不認識他，此時也正微笑看著他，唯有那位姑娘的眼神卻落向別處。可就是那樣一張側臉，卻像是攝去了他的魂魄，讓他忍不住想要站到姑娘面前一睹芳容。

「這位姑娘好像不曾見過？」陸宣盯著凝洛的側顏向陸寧發問。

凝月不由攥起拳來，從來都是如此，只要和凝洛一同出去，人們好像看不見她一般。她不知道做過多少次夢，夢見擁有一張比凝洛更美更迷人的臉，夢中攬鏡時的巨大驚喜每每衝擊得她不情願醒過來，然後便是深不見底的失落……

聽聞陸宣問起，陸寧一轉頭便笑著拉過凝洛。「你自然不曾見過，我也是今日得見呢！」

「這是林家的姑娘，芳名凝洛。」陸寧向陸宣介紹，語調中都是欣賞之意。

「凝洛，這是我那二哥哥，單名一個『宣』字。」陸寧又向凝洛道。

凝洛也不正眼看陸宣，只垂下眼簾向陸宣略點了點頭。

雖只是一個頷首，但在陸宣心裡，卻已經驚起了波瀾。

他定定地看著凝洛，只覺得對方嬌美彷彿仙子一般，一時又覺得眼熟，竟覺得自己好像在夢裡見過，當下癡癡地望著，竟是挪不開眼。

陸寧見了，忙推了推他，免得他當眾出醜。

陸宣回過神來，再看向凝洛，卻見她依然對自己淡淡的。

可他就是喜歡，見多了笑臉相迎，乍一見這冰山美人更生出要博美人一笑的憐惜之心，恨不得使出渾身解數討好她。只是當著這許多人的面，他總不好上來便獻殷勤，因此朝著凝洛先前望的投壺那邊看了一眼。

「在玩射壺嗎？算我一個好不好？」

正有人要拍手叫好，陸寧卻頭一個不依。「你力氣比我們大，又慣常玩這些，豈不是占我們的便宜？」

陸宣哪裡肯輕易放棄。「大不了我比妳們離投壺再遠些，或者我替妳們受罰擋酒？」

陸宣看了面無表情的凝洛一眼，向眾人笑道。

凝洛不想跟陸宣打交道，可又不能甩臉色走人，不動聲色地朝人群中挪了挪，而有願意與陸宣親近的人自然會掩沒她。

「我看你們兄妹玩射壺是假，想要騙酒喝是真！」先前那位水紅色衣裙的姑娘又站了出來。「要是有擋酒這種好事，陸寧第一個衝上去了，哪裡還輪得到二哥哥！」

「妳們姑娘家喝的酒我還真是瞧不上。」陸宣笑著迎向那位姑娘。「倒是易雪妳，投壺不行，酒量更不行，小心待會兒出醜！」

那被喚作「易雪」的姑娘，想來一向與陸家兄妹打鬧慣了，聽陸宣這樣說便飛起一腳踢到他小腿上，陸宣雖笑著做了個躲的動作卻並未躲開，顯然是準備吃這一腳了。

凝月在一旁看得心裡發酸，酸那個易雪不但與陸寧要好，還與陸宣也這般熟絡。

凝洛轉向別處冷冷一笑，陸宣向來在姑娘們中人緣極好，又是個慣會憐香惜玉的人，是有名的多情公子。

陸宣被易雪不輕不重地踢了一腳也不惱，笑著抱怨一句，眼神卻不自覺地飄向了凝洛，見她正神情冷冷地站著，便又向眾人道：「不鬧了，再不開始太陽都要落山了！」

陸寧也催促道：「快些快些，誰先來？我這手裡的箭矢都要發芽了！」

雖然如此，眾人還是嘻嘻哈哈了半天才排好順序開始一一投壺。

陸宣本來被人擠到凝月身邊，凝月還沒來得及暗喜，就見陸宣的眼神黏在凝洛身上，還將位置換了過去。

凝月只覺心中氣盛，這麼好的男人竟然便宜了凝洛。她正暗自咬牙切齒，一偏頭見杜氏和幾位夫人向這邊看著指點了一番，然後一同回屋去了。

杜氏自然看見陸宣種種刻意的舉動，她起初只當是今日的賓客，詢問之下得知那位竟然是陸家的二少爺，一時心裡嫉恨不已。

這樣的家世、那樣的相貌，竟讓凝洛得了先！

陸宣看著凝洛笑問：「姑娘從前經常投壺嗎？」

凝洛只看著另一旁不停比量的陸寧微笑，只當沒聽見陸宣的問話，反正一排人都嘰嘰喳喳的很吵。

陸宣被那冰山一角的微笑惹得心跳不已，又再次問道：「凝洛姑娘常常投壺嗎？」

凝洛被他點著名問，也不好再裝作沒聽見，只是眼神仍跟著陸寧的箭矢飛向投壺，口中簡短答了一個字。「不。」

那箭矢不偏不倚投進壺中，頓時有人拍手叫起好來，陸宣卻全然聽不見，只有凝洛那聲輕輕的「不」落入他耳中，方才凝洛輕啟朱唇、眼神靈動的樣子一下就印在他心裡。

陸寧一手扠腰，意氣風發地轉向凝洛。「凝洛，該妳了！」

凝洛拿起一支箭矢，也打算照陸寧的樣子比量一番，陸宣卻在一旁道：「姑娘的手握得太靠箭端了！」

凝洛本不想理他，可陸寧也在一旁附和。「對，再往箭尾挪一點！」

有了陸寧這句，凝洛只得又調整一下握著箭矢的位置。她從前不大愛玩這些，偶爾玩幾次也全憑運氣，從來不曾留意過什麼技巧。

看凝洛又調整了一下握箭的位置，陸宣心中莫名地歡喜起來，又忍不住向凝洛道：「投的時候手腕用力，不用將手臂揚得過高……」

凝洛被他唸得心煩，根本也不聽他說完就將那箭矢扔了出去，誰知竟誤打誤撞投進了。

陸寧帶頭歡呼一聲，陸宣也喜不自禁。「姑娘很有天分啊！」

凝月看陸宣在凝洛身旁為她高興的樣子，氣得雙手直握著箭矢用力，若不是那箭矢尚有幾支，只怕早已被她掰斷了。

陸宸在不遠處的閣樓將這邊一切盡收眼底，他看著院子裡嬉笑著的人們，看到陸宣被人圍在中間，又看見陸宣和陸寧站在凝洛兩側，陸宣不斷地向凝洛說著什麼，待到凝洛投中之後，三個人又都雀躍起來。

陸宣自小就比他討人喜歡，尤其是比他討女子喜歡，不管是祖母輩、父母輩，還是同齡的姑娘，甚至連小小的女娃娃都更容易被陸宣逗笑。

他從來沒有羨慕過陸宣的這一特質，也沒有想過像他那樣在姑娘們中左右逢源，只是今日見陸宣與凝洛站在一起，還是讓他心裡悶悶的。

尤其是陸宣和凝洛之間親密的距離，和陸宣向凝洛說話時的一臉親暱，都讓他再也看不下去，索性轉過頭去自己喝起悶茶來。

凝洛也沒想到自己隨意一投有那樣好的運氣，臉上的表情不由也放鬆了一些。

陸宣正想打鐵趁熱再說些什麼，卻被易雪催促起來。「二哥哥到你了！」

陸宣心不在焉地拿起一支箭矢，卻又被易雪制止了。「二哥哥，方才可是你說要離遠一些，站在這裡投壺我們可是不依的！」

陸宣無奈地看了易雪一眼，笑著搖了搖頭，然後認命地向後方走了幾步，其餘的人自動在兩旁為他助威，或喊「陸二哥」或喊「陸公子」，場面倒是十分熱烈。

凝洛悄悄退了出去，不再理會身後眾星拱月般的陸宣。這麼多人圍攏的陸宣，對她來說，卻是避之唯恐不及。誰知這時，不經意間一個仰首，卻見閣樓上有一個身影，英姿不凡，瀟脫雄健，此人正是陸宸。

陸家的三兄妹都生得很好看，可細比較之下，陸宣和陸寧長相相仿，陸宸卻是另一種模樣。

閣樓上的陸宸是器宇軒昂，書生的氣質和武將的神采那樣完美集中在一人身上，不免讓人覺得全天下男子加在一起，也不及閣樓上那一人的氣度風華。

凝洛從未想過男人應該是什麼樣子，前世的她對表哥有過好感，覺得表哥那樣溫潤的男子才是值得人傾慕的對象；後來認命陪在陸宣身邊，又漸漸覺得陸宣那種體貼溫柔、會哄人開心的男子，才是女子的歸屬。

直到她成為一縷幽魂，她只覺天下男子都是一個樣，沒誰是值得託付的，哪怕她心懷感激地看著陸宸為她燒了一炷香。

只是如今，看著這閣樓上的男子，想著他溫厚對自己笑的樣子，胸口那裡放了釵子的地方，竟然在隱隱發燙。

「原來妳躲到了這裡！」陸寧突然親暱地從凝洛身後搭上她的肩，帶著桂花釀的淡淡香氣。

「是怕輸了喝酒嗎?好一會兒沒見妳了!」陸寧放開凝洛的肩。

凝洛笑著和陸寧說話,卻也沒多做解釋。

「走吧!她們鬧著要去我房裡看看。」陸寧說著一拉凝洛,二人又回到那群姊妹中。

凝月看陸寧竟又找到了凝洛,心裡很是不快,故意上前將凝洛擠開,故作親密地挽著陸寧的胳膊。「認識這麼久,我還沒去妳房裡看過呢!」

易雪姑娘正走在前面,聞聲回過頭道:「她那房間其實也沒什麼好看的,大家都差不多嘛!」

凝月雖不敢反駁易雪,可還是向被她挽著的陸寧笑道:「陸姑娘性子這樣討人喜愛又與眾不同,房間裡必然有特別之處。」

凝洛被凝月擠到後方,倒也不在意,只淡淡笑著聽凝月極盡溜鬚拍馬之能事,偶有身旁的姑娘向她問些什麼,她也笑著答了。

凝月也想像易雪那樣和陸寧親密無間,可在稱呼上她就輸了,她連陸寧的名字都不敢喊,只敢稱呼一聲「陸姑娘」。

可那易雪姑娘甚至給陸寧起了諢號,興起的時候便直呼「三三」,直聽得她又是羨慕又是嫉妒。

陸寧的房間很大，被幾扇屏風隔成待客和臥房兩個部分。

待客的這邊中堂位置掛了一組四美圖，雖不知作者何人，可那圖上美人栩栩如生可見畫功之深厚。畫下方是長條案及桌椅等物，均是上好的黃花梨木，桌上的茶壺器具一應俱全，均是精美無比。

凝月不由放開被她挽著的陸寧，走到桌前看一隻白玉樽，口中稱讚道：「這玉質如此細膩一定很珍貴吧？」

凝洛也聞聲望了一眼，確實胎體細滑通透，難得的是那玉樽由整塊白玉雕刻而成竟沒有半點瑕疵，真正的玉中極品。

陸寧看凝月毫不掩飾對那玉樽的喜愛，只淡淡答道：「不過是看著樣子新奇我拿來吃茶的，不是什麼珍貴東西。」

凝月也沒覺察出什麼不對，只當陸寧是自謙，又想到那樣的寶物陸寧不過拿來尋常吃茶用，更覺自己家與陸家是雲泥之別。

繞過山水屏風，陸寧的臥房比起簡約的待客房間顯得物什多些。

房間中央一張不大的圓桌，只夠三、四個人圍坐，上面的茶具又與外間不同，均是精美細膩的釉彩，自是姑娘家愛用的東西。

一張古琴放置窗邊，古琴旁的案几上除了文房四寶，還有一本書攤開在上面。

凝月自是無心看那些，她只和兩個姑娘圍在陸寧的梳妝檯前，讚嘆著那些首飾的精美與少見，又將陸寧其他一些小玩意兒讚嘆了一番。

陸寧卻沒了在院子裡玩耍時的活潑，只在人群後微微笑著，但凝月看任何東西都豔羨的眼神，她心裡覺得有些不喜。

她雖然在家中受寵而格外活潑些，但是從小也被教了不少規矩，今日見了凝月的表現覺得她太小家子氣，和自己慣常玩在一起的人不同。

想到這裡，陸寧不由地用眼神去尋凝洛，卻見凝洛不過向屋中大概看了一眼，便看向她案上攤開的書。

難怪人們說「龍生九子各有不同」，同樣的林家姑娘，凝洛便與凝月很是不同！

「這本書如今緊俏得很，還是二哥花了高價在外面淘換來的。」陸寧走過去向凝洛笑道。

凝洛聞聲收回眼神，向陸寧笑笑。「確是本有趣的。」

「這是我看第三遍了。」陸寧拿起那本書。「喜歡的話妳拿去看吧！」

凝洛看著伸到自己面前的書，大大方方地接過來。「如此謝過陸姑娘美意。」

「今日相見，我覺得與妳十分投緣，所以才直呼妳的閨名，妳也不必客氣叫我『陸姑娘』，倒顯得生分了！」

凝洛前世並不曾深入瞭解過陸寧，只當她是被全家人寵壞的跋扈丫頭，不想如今論起做朋友，倒是熱心而真誠的人。

凝月在一旁看陸寧和凝洛在一起說說笑笑，方才因為見了許多好東西而雀躍的心一下就落了下去。凝月只覺今日數次被冷落，之前與陸寧建立起的那點情分，一點一點地被瓦解了。

陸寧帶著這群姊妹從房中出來，一群人仍意猶未盡地向陸寧提議什麼地方可以擺個什麼物什，或者哪樣東西和屋中擺設不太搭，可以撤掉了。

凝月自是不甘被冷落，也湊上前向陸寧建議。「那個白玉樽用來吃茶未免可惜了，以後染上茶漬便不美了，倒不如回歸本性用來品嚐美酒的好。」

今日看陸寧倒像是個能喝兩杯的人，這個提議應該是好的，凝月暗想。

誰知陸寧在房中已斷定凝月眼中只有那些值錢的物什，本就不喜她流露出的小家子氣，如今聽她又提什麼「可惜」之類的話，心中更覺生厭。

「不美了，砸了便是！」陸寧語氣十分不在意，還帶著一絲嘲諷。

凝月頓時被噎得說不出話，臉上也覺得燒了起來。

凝洛淡淡地看了陸寧一眼，這倒是她前世所熟悉的陸寧，只是這輩子卻不是用那種態度針對她。

「陸大哥！」走在前面的易雪突然站住，恭恭敬敬地喊了一聲，聲音裡似乎還有拘謹。

凝洛也隨著眾人停下腳步，卻見陸宸正站在前方似乎是要出門。

陸寧的姊妹自然也有認識的人，都收起嘻嘻哈哈的模樣認真地行禮打招呼，陸宸一本正經地一一應了，卻是神情冷峻的模樣。

「大哥要去哪裡？」陸寧倒還是那副輕鬆的樣子。

「出去轉轉。」陸宸簡短地答道。

「又去看船嗎？」陸寧笑著打趣，其他人卻聽得一頭霧水。

陸宸卻不理會她一臉的戲謔，徑直走向前去，卻又飄來一句。「照顧好客人們。」

凝月偷偷打量一番陸宸，倒也是舉世無雙的俊美，可那張嚴肅的臉可怕得很。如果說陸宣的英俊瀟灑讓人忍不住親近，那陸宸的這種冷漠疏離的英氣，只讓她覺得高不可攀。

陸宸大步走開，氣宇軒昂，神情冷漠，動作間自有一番尊貴。

可是這樣的他，卻在遊廊盡頭要轉彎的時候，忍不住回頭望了一眼。

陸寧已經帶著她那群姊妹再度前行，在那些背影中，他的眸光不自覺尋覓著那個纖細的身影。

一頭秀髮只簡單盤了個他叫不上名字的髮髻，上面不飾一物，唯有一朵嬌嫩的桃花，與她粉嫩的面頰無比相襯，在湖邊相遇時，他真真切切明白了什麼叫「人面桃花」。

在凝洛的髮髻和衣物之間露出一截雪白的後頸，頸下的美人肩有些削瘦，看了讓人心生憐惜。那楊柳細腰似乎不盈一握，身上衣袂飄飄正是動如拂水之柳，綽約多姿又如飛天仙女。

陸宸面上發燙，喉嚨裡隱隱有乾渴感，他也不敢停留細看，腳下只略微一頓又匆匆而去了。

稍晚，凝洛同杜氏、凝月一同拜別了陸老太太。

陸寧替祖母送女賓客，她拉著凝洛有些不捨。「今日人多，也不能與妳暢談一番，回頭有空我便修書予妳，妳可要回我呀！」

凝洛輕笑道：「那是自然！這本書讀完了，我讓人給妳送還回來。」

「那倒不急！」陸寧不甚在意地擺擺手。「妳先留著就好，等下次見面再說。」

第十二章　惡人先告狀

回到家中，凝洛並未回自己院子，反而去了出塵的松竹院。

出塵正獨自捧了一本書來讀，宋姨娘則在一旁做著針線。

「天色暗了，姨娘仔細傷了眼睛。」凝洛跨進門道。

這對母子見了她很是欣喜，均放下手中的東西迎了上來。

「姑娘是剛回來嗎？」宋姨娘見凝洛穿得正式便笑著問道。

凝洛還未開口，出塵又仰著興奮的臉問：「大姊，那陸家好玩嗎？」

「就知道玩！」宋姨娘佯裝不滿地斥責了出塵一句，然後又笑著面向凝洛。「姑娘快過來坐，這一日應酬想來很是乏累了。」

「好。」凝洛隨著宋姨娘一起入座，出塵卻黏在她身邊站著不肯坐。

「在看什麼書？」凝洛拿起出塵先前看的那本書。

「《千字文》。」出塵不覺站直身子答道。

不知道凝洛會不會問起書中的學問，因此突然有些緊張。

宋姨娘見凝洛問起讀書的事，忍不住向凝洛說道：「自那西席被老爺趕走之後，出塵就沒人教了，我怕他玩心野了就讓他自己讀書，有句話不是說嘛，什麼書讀一百遍也就能懂了。」

「是『讀書百遍而義自見』。」出塵忍不住糾正宋姨娘。

宋姨娘不好意思地一笑。「對，我就是沒讀過書，所以話都說不好。」

出塵卻有些不依不饒。「我明明教過妳很多次了！」

宋姨娘臉上一紅。「你這孩子！」

凝洛笑著向一旁的出塵誇讚道：「你能懂得這句話很好，只是不該那樣跟姨娘說話。」

出塵低了低頭。「是，大姊，我錯了。」

宋姨娘忙為他說話。「是我學得不好。最近沒有先生帶他，剛好我也想認識幾個字，就讓他來教我了，可能我太笨了，學得很慢。」宋姨娘解釋著，就又不好意思起來。

凝洛對宋姨娘這份向學的心倒是很推崇。「姨娘也不必妄自菲薄，您現在還年輕，慢慢來，有兩年便能識文斷字了。」說完，她將一進屋便放在桌上的東西拿起來。「只顧說話差點忘了這個！」

母子二人的眼神聚到凝洛手中，卻見凝洛拿著兩、三支毛筆。「回來的路上給出塵買了兩支狼毫，還有一方油煙墨。」

凝洛將東西遞到出塵手裡。「算是姊姊送你的小禮物，等以後姊姊有了錢再給你買好的。」

宋姨娘更加不好意思起來，不自覺地攥住衣裙側面，有些拘謹地笑道：「怎麼好讓姑娘破費！」

她知道凝洛的日子並不比她好過多少，她這邊花銷不多，看起來過得簡樸是因為她要為出塵攢錢。而凝洛一個十幾歲的姑娘家，正是交友愛美的年紀，可杜氏那持家的樣子，凝洛手中想來也是不寬裕。

凝洛雖不想向她解釋自己以後會有銀子的事，可到底不想看她過意不去，便笑道：「也算不得什麼。」

「謝謝大姊！」出塵拿著筆墨很高興，在手中翻來覆去地看。

宋姨娘突然想起什麼似的，從方才的針線裡又拿出一對穗子。「閒來無事給妳打了一對帳子上的穗子，正好妳待會兒拿回去吧！」

凝洛接過，向宋姨娘道謝。「謝過姨娘，我很喜歡姨娘做的這些東西。」

凝洛知道宋姨娘是有心為她打這對穗子，只是她不明說罷了。前兩日姨娘過去她房中說話，想來是看到她床帳上的那對舊穗子，這才回來給她趕製一對新的。

「我每日過來做針線，看著出塵讀書，倒不覺日子枯燥。」宋姨娘聽凝洛說喜歡，臉上才舒展了一下又皺起眉來。「只是，自從夫人的那位表弟離開以後，這新的先生總也請不來。」

宋姨娘嘆口氣。「我自然不敢去問夫人，偶爾向老爺暗示隻言片語，他只說要慎重。眼看這日子一天天過去，我這心裡實在是有些著急。」

凝洛沈思著點點頭。「姨娘說得是，這件事是該盡快辦了！」

回到芙蕖院，凝洛忍不住苦想出塵的西席人選，直到食不知味地用完飯，才突然想到一位絕佳的人選。

前世的時候，她曾聽陸宣提起過一位戶部的大官，說那人從前落魄得很，原本是個窮秀才，突然就發跡了，仕途之路平順得讓人嘆為觀止。

重要的是，那位戶部官員還是個秀才的時候，生活無以為繼便以教書為生，算起來正是此時。若是能尋到這個人，在他落魄的時候幫他一把，出塵又拜在他的門下，待到他飛黃騰達之日，也必定能對出塵有所提攜。

「白露，妳讓人去打聽一下，看看父親那邊撤了飯沒有。」

看白露應聲出門，凝洛又努力回憶了一番那秀才的名字，她前世本不關心這些，陸宣提起那戶部的大官時她在做什麼？在做陸宣會給她一個名分的夢嗎？

好在她到底還有幾分天生的聰穎，終於在她前世記憶的片段裡找到了那個名字：沈占康。

就在雀舌聲名大噪之後，沈占康不久便中舉了，春風得意之際，他寫了一首詠雀舌的詩詞。

那時皇上對雀舌的喜愛仍在，便有人將那詩詞呈了上去，一讀之下龍顏大悅，甚至視沈占康為知己，又讓人找了沈占康的文章來看，果然是有胸襟有抱負，深得聖上賞識。

朝中大臣見狀，將舉人沈占康直接推薦到皇上面前，沈占康從此開始一馬平川的仕途之路。

凝洛不由鬆了口氣，還好她及時想到這個人，一旦父親同意延請沈占康來做出塵的先生，出塵不但能在學問上有所長進，日後出師在外提起老師也能讓人刮目相看。

「姑娘。」白露匆匆走了進來。「去打探消息的人回來，說半路看見老爺去姨娘院裡了！」

凝洛一愣，林成川確實常常宿在宋姨娘那邊，可一般用過飯都會在書房讀一、兩個時辰的書，不想今日竟過去得這麼早，她作為一個女兒，找父親找到姨娘院裡就不好看了。

可既然想到先生的人選，她就不想再耽誤時間，何況父親也許只是過去同宋姨娘說說話。

「姑娘，」小滿端了托盤走進來。「看您方才飯菜用得少，不如吃一盞蓮子羹吧！」

凝洛在陸家待了一天，晚飯時乏得沒有胃口，小滿見了便悄悄煮了羹。

凝洛眼神落在那盞羹上，心裡有了主意。「帶上蓮子羹，我們給姨娘送去！」

手中的托盤剛挨著桌子，小滿聽了凝洛的吩咐又一頭霧水地端起來。「好端端的……」

白露已經手腳麻利地找出燈籠，催促小滿道：「快走吧！聽姑娘的。」

走到宋姨娘的慧心院，正見林成川的貼身小廝寶順，正和宋姨娘的丫鬟在廊下低聲說笑著，那二人見凝洛前來忙匆匆迎上去行禮。

凝洛免了他們的禮，也不給他們說話的機會，向著宋姨娘的房門口高喊一聲。「姨娘，我給妳送蓮子羹來了！」

凝洛又慢慢向前幾步，見宋姨娘一拉門出現在門口，卻是滿臉詫異。「姑娘？」

「聽您說最近睡不太好，剛好我房裡的丫鬟煮了……」凝洛意外地看向出現在門口的林成川。「父親？您也在這裡？」

「那我……」凝洛又看了看宋姨娘。「先回了。」

話未說完，宋姨娘卻突然打斷她。「姑娘快進來坐吧！」

宋姨娘從方才就一直看著凝洛若有所思，凝洛以前來找她，從來都是十分守禮地讓人通報，今日她也不可能沒看到院子裡的寶順，可她還是高喊了出來，想來是有意為之。

「父親！」凝洛向林成川行了一禮。

林成川看到凝洛神態謹慎恭敬，倒有些憐惜這個女兒，也笑著走出門來。「怎麼？只有妳姨娘的蓮子羹，卻沒有我的？」

「我不知道您在這兒……」凝洛低頭，咬唇道：「我是因為姨娘睡不好才給她送的，要不然我再去熬一盞來？」

林成川卻笑意更甚。「好了好了，我不過逗妳而已，快進屋去吧，一家人做什麼站在院子裡說話！」

凝洛聞言這才跟林成川進屋，留在後面關門的宋姨娘，則不忘接過小滿端著的蓮子羹。

在房內入了座，林成川見宋姨娘將那盞蓮子羹放到一旁，便勸說道：「既然孩子給妳送過來了，妳就趁熱吃了吧！」

宋姨娘本有些不好意思，可到底沒架住凝洛幫著勸，小口小口地慢慢吃起來。

「我怎麼沒聽說妳睡不好？」林成川對這個小妾也是關心，只是平日裡當著杜氏不好表現什麼。

宋姨娘抬了抬頭，卻低頭看著蓮子羹道：「也不是什麼大不了的事，不敢驚動老爺。」

她是有心事，也確實睡不安穩，卻不敢提，也不知凝洛是猜透了她的心思還是誤打誤撞，竟這麼巧拿蓮子羹做幌子。

「父親，」凝洛忍不住開口。「我倒突然想起一件事。」

「哦？」林成川的注意力轉到凝洛這邊。「什麼事？」

「趕表舅走的時候，我記得您說過要給出塵另請一位高明的先生。」凝洛也不去看宋姨娘，就像是真的見到林成川才突然想起來。「這段時間我也打聽著，倒真聽說一位不錯的人選。」

「是嗎？」林成川倒是對這件事有興趣，又聽凝洛說也一直打聽著，不由感嘆女兒真是大了，竟知道為自己分憂了。

「不知凝洛說的是哪位先生？可曾教出過什麼學生？」林成川接連問道。

外面的私塾有很多有學問的老先生，卻大都不愛到他們這種人家任教，畢竟幾年對著一個學子，這一個學子能高中的機率，比私塾裡許多學子中出一個有出息的機率可小太多了。

若是哪位先生帶的生員中了舉，那這先生會被京城的各種名門望族爭搶，也很難輪到林家這種門戶。

宋姨娘聽凝洛跟林成川說起為出塵請先生的事，也無心用那蓮子羹，只用勺子輕輕地攪動著。待到林成川的幾個問題拋出，她連手上的動作也停了，屏息地等待凝洛的回答。

「這位秀才是個年輕人。」凝洛開口道：「不過卻是滿腹經綸、博古通今，我曾偶然讀到過他的文章，自然是文采斐然、才華橫溢，假以時日他必定能有番作為。出塵如今還小，跟對了先生能讓他受用終身，他日這位先生若能飛黃騰達，出塵便是和其他人同為生員，那也是不一樣的。」

宋姨娘最近信任的人是凝洛，既然是凝洛舉薦的人那便錯不了，聽完凝洛的這番話，她又緊張又期待地看向林成川，就盼著林成川能一口應承下來。

「凝洛說的到底是何人？」林成川蹙眉問道。

「此人姓沈，名占康，聽說如今正以教書為生。」凝洛總算說出那個名字。

林成川沈吟道：「卻是沒聽說過的……」

看林成川沈默下來，宋姨娘忍不住帶了幾分委屈開口。「老爺……其實方才我沒敢說，怕您煩心……既然姑娘今日提起此事，我少不得也要說上一句了。」宋姨娘下定決心似地望著林成川。「我這睡不好的毛病是最近才有的，為的就是給出塵請先生的事。」

說著，宋姨娘眼圈兒一紅。「出塵之前被耽擱了幾年，如今又沒個人帶著，我這心裡急啊！」

一句話說到最後竟帶了哭腔，凝洛忙起身過去遞上自己的帕子。「姨娘不必傷心，父親心裡有數。」

林成川見姨娘落淚也忍不住心疼，口中卻責備道：「哎呀！妳說妳這麼大的人，在孩子面前哭什麼！」

宋姨娘接過凝洛的帕子擦擦眼睛。「在輩分上，凝洛是孩子，可在為我們娘兒倆操心的事上，她卻是個比我還有主意的人。」

林成川聽了也忍不住點頭。「凝洛最近確實越來越懂事，我就出塵這麼一個兒子，是咱們林家以後的指望，凝洛能為弟弟的事如此上心，著實讓我欣慰！」

「那凝洛說的那位先生……」宋姨娘滿懷期望地看著林成川。

林成川又躊躇起來。「先前咱們已經吃過一次虧，出塵如今八歲了，再也耽擱不起了，所以還是打聽打聽再做打算吧！」

宋姨娘有些失望，無助地看向身旁的凝洛。

凝洛卻向她點點頭，又對林成川道：「還是父親想得周到。」

沈占康自然是禁得起打聽，重要的是，以林成川如今的人脈和能出得起的束脩，他怕是一時尋不到更好的人選。

林成川又看了看有些失落的宋姨娘，勸解道：「妳也不必太過掛懷，左右我惦記著這事呢！快些把羹吃了吧，這是凝洛的一片心意呢！」

宋姨娘聞言又向凝洛感激地點點頭，才拿起了勺子。

林成川確實很欣慰。「凝洛不但能為弟弟著想、為林家著想，也還能記掛著長輩的身子，原來兒女長大懂事，做父親的是這種心情啊！」

「為父親分憂是我們做兒女的本分。」凝洛微微一笑，並不居功。

正說著，寶順卻在門口喚了一聲「老爺」，林成川一皺眉，允了他進來。

「老爺。」寶順推開門，跨進門口便停住了。「慈心院的立春姑娘過來了，說是夫人請您過去，有重要的事要跟老爺商量。」

宋姨娘又沒了吃蓮子羹的心情，將勺子慢慢放下向林成川道：「老爺快去吧！」

林成川知道若是不走一趟，那杜氏肯定會找各種理由再請，索性嘆息一聲。「妳們先說說話，我去去就來。」

看林成川大步隨寶順出去，宋姨娘甚至都沒有起身相送，凝洛倒是站了起來，看父親也沒有讓送的意思才又坐了下來。

「我都習慣了。」宋姨娘突然幽幽地開口。「甚至剛剛就寢就讓人來喊。」

「嗯？」凝洛一時沒反應過來。

宋姨娘猛地回過神，向凝洛抱歉地笑了笑。「看我，竟跟孩子胡說起來。」

凝洛見她沒什麼聊天的心情，也找了個藉口離開。路上再想起宋姨娘那句幽怨的話，便什麼都明白了。

且說這杜氏，回到家後，想了想今日凝洛出的風頭，實在是氣不過。

凝洛最近有找林成川撐腰的苗頭，她乾脆就跟林成川吹吹枕邊風，讓他見識見識這個凝洛在外人面前如何不堪。

她原派了人去書房那邊請，誰知來人竟然回話說老爺去了慧心院，那一刻她心中的怒氣又上升了幾分。

這才什麼時辰？天還沒黑就往小妾房裡鑽，那林成川青天白日的想做什麼？

最近她忙著鑽營跟陸家結交的事，倒把家裡的事疏忽了，那宋姨娘難道也要跟凝洛學翅膀硬了？

「立春，去慧心院把老爺叫回來！」杜氏伸手在額上揉了兩下，最近發生的一切都不順心，真是讓人頭疼。

立春領了差事卻不好派給下面的人做，一來要請的人是老爺，二來這是替夫人去搶人呢，萬一去個不會說話的人，惹了什麼麻煩回來，夫人一生氣這一院子的人都不好過。

好在老爺這次也痛快出來了，只是臉色不怎麼好看罷了。

「夫人確實有要事告訴老爺，還望老爺體恤。」一路上，立春忍不住為杜氏說話。

林成川只是沈著臉應了一聲，剛好他見到杜氏可以跟她說說，讓凝月也跟著凝洛學學，都是一樣的年紀，原該一樣懂事。還有凝洛為家中著想、為他分憂的那種氣度，都是凝月該跟著學學的。

雖然家中之事他很少過問，可他也能看出來，跟在杜氏身邊的凝月好像就是熱衷於新衣首飾、各種打扮，連一句貼心的話都沒對他這個一家之主說過。

出塵還小，跟對了先生有無限可能，凝洛如今懂事體貼，唯有凝月，他突然看不到一點可取之處。

杜氏回想著這一天的經過正越想越氣，便見林成川推門進來。

「老爺，」杜氏兩步迎上去。「我有重要的事要說！」

杜氏是無論如何也要向林成川告狀，定是要在他面前好好地說凝洛的不是！

林成川從她身邊走過，徑直走到桌旁坐下。「巧了，我也有重要的事要說。」

林成川正覺得女兒凝洛實在是不錯，應該讓凝月多跟著凝洛學學。

杜氏急於將所想的話說完，轉身也走回林成川對面坐下。「我要說的比較要緊，我先說吧！」

接著，不等林成川回答，杜氏喋喋不休起來。「我原是好心帶著她們兩姊妹出去見見世面，可今兒個一日過下來，我覺得凝洛這孩子有點……」

杜氏故意停頓了一下，然後又馬上說道：「人家那邊的客人有七、八個年輕的姑娘，我看個個知禮知義，偏偏是凝洛不太守規矩，見了陸家的少爺就貼上去跟人說話！」

林成川自然不信，他方才還覺得這個女兒處事穩重、端莊有禮，怎麼到了杜氏口中就成了那般模樣？

「妳怎這麼說？」林成川沈下臉來。「我卻看著就是這個女兒好，妳不要隨便一點小事就誇大其詞！妳是長輩，哪有在孩子背後嚼舌頭的道理？」

杜氏挨了罵也是不服，高聲向林成川道：「你罵我做什麼？我不過是看著她做錯了事，又不好管才找你出面，你倒把我這好心當成驢肝肺！」說著又一手從身上解下帕子，捂在眼睛上乾嚎。「你只顧做個甩手掌櫃，什麼時候想過我的不易？

「那凝洛，她不是我生的，我哪裡敢嚴加管教？一個不小心就會被人罵成惡毒的繼母！我原想她平日裡不聲不響，是個穩當的性子，誰知今日那麼不莊重！」杜氏拿下帕子紅著眼瞪著林成川，一副恨鐵不成鋼的表情。

「我這是擔心她不聽我這個繼母的話才找你來，想讓你敲打敲打她，你倒好，先怪上我了！」說著，又萬分委屈似地將帕子蒙住眼哭了一聲。

林成川終於也疑惑起來，難道凝洛在家和在外竟是截然不同？

「寶順。」林成川也不想只聽杜氏的一面之詞。「把大姑娘和二姑娘都請過來。」

凝月離杜氏這邊近些，因此到來早些，進屋坐下之後也是一頭霧水。「父親、母親喚我前來有什麼事嗎？」

林成川本想等一下凝洛，杜氏卻向凝月道：「還不是因為妳那姊姊，今日跟陸家少爺走得那樣近，我覺得不妥便想向妳父親說道說道，誰知妳父親竟然不信我！」

「行了、行了！」林成川被她嚎得心煩。「我何時說過不信妳？只是孩子可能有孩子的理由，叫過來問問總是沒有錯。」

正說著，凝洛也走了進來，一見這房中的架勢便知不是什麼好事，又見杜氏和凝月眼中閃過的幸災樂禍，她心中可以肯定這事與那母女有關了。

「父親，母親。」凝洛向二人施了一禮。

饒是林成川一開始相信凝洛是好的、懂事的、氣度不凡的，被杜氏這麼天花亂墜地說下來也有些拿不準了，便不鹹不淡地說了句。「坐吧。」

杜氏見林成川的態度已經有了變化，心中不由暗喜。面對凝洛的施禮，她也只是冷笑一聲作為回應。

凝洛坐了下來，並不打算開口問什麼，反正杜氏母女會告訴她發生了什麼事。

「凝洛，」開口的卻是林成川，他似乎還在思量著話要怎麼說，語速放得很慢。「今日在陸家……玩得可好？」

杜氏一聽這話卻沈不住氣了。「老爺，我知道你顧著凝洛的面子所以沒有直說，可把她叫來不就是讓她知道自己哪裡做錯了，好以後改正的嗎？」

「就是！」凝月點頭附和，她方才就想說話了，只是沒找到機會。

「凝……姊姊她不但跟陸家的二少爺貼著說話，見了陸家的大少爺也緊緊盯著人家看呢！」

杜氏痛心疾首狀。「還有這回事？」

凝月篤定地點頭。「姊妹們從陸姑娘房裡出來，剛好碰到陸大少出門，我們都低著頭不敢看他，唯有姊姊直勾勾看著人家！」

杜氏見她這般反應，說得更起勁了。「凝洛，咱們這種門戶，陸家是看不上的，妳雖然有幾分姿色，可人家少爺什麼絕色沒見過？」

林成川一會兒看看杜氏，一會兒看向說話的凝月，再看看沈默的凝洛，心中主意全無。

凝洛聽那母女二人唱戲一般，妳來我往地將她說成了見到人家少爺就往上撲的人，心中止不住冷笑，看來這二人的一天好像過得太憋屈了，抓住機會就迫不及待地宣洩出來了呢！

「妳們都到了說親的年紀，」杜氏又對著凝洛苦口婆心起來。「在外一定要注意言行，跟男子萬萬不可走得太近，要有個好名聲……」

杜氏和凝月正妳一言我一語地熱鬧著，就有下人在門外通報。「老爺！陸家派人來了！」

這下不但林成川，連杜氏和凝月也都跟著一驚。

陸家？可是她們今日去過的陸家？這個時候派人前來，是有什麼事呢？

林成川忙站起身向門外高喊。「快快請進來！」

不管對方什麼來意，陸家的門第總歸高過他們，林成川須得將來人奉為座上賓才是。

來人卻不過一個小廝，人倒是機靈得很，林成川讓座他也沒有托大，只將手中的東西交給寶順道：「謝林老爺賞座，不過老夫人還等我回去回話，就不再叨擾了！」

「這是……」林成川看著寶順接過的精美器皿有些不解。

杜氏和凝月也有些好奇地看著，杜氏心中甚至還飛快地打起了算盤，今日去參加壽宴她也是帶了謝禮，難不成這是陸家的回禮？

那小廝笑了笑。「今兒個老夫人得了幾塊宮裡的桃花糕，說是看見這麼好看的糕就想起林家的大姑娘，特意讓小的送來給府上的大姑娘嚐嚐。」

杜氏和凝月的臉色登時就變了，只見林成川忙拱手道謝。「老夫人對小女如此厚愛，真是讓林家受寵若驚！還請小哥回去向老夫人道謝，並祝老夫人福如東海壽比南山！」

說著，林成川拿出銀子往小廝手裡塞過去。

「多謝林老爺，小的這就告辭了！」那小廝也不推辭，收了銀子後向林成川辭行。

送走陸家的小廝，林成川回過頭看著杜氏母女，指著那桌上的桃花糕質問道：「這就是妳說的，人家嫌棄凝洛？」

杜氏此時心裡也是大驚，想著人家好好的怎麼會給凝洛送糕點？這到底是什麼意思？

她心裡驚起千萬種猜測，每一種都是於自己不利的，不由臉色煞白。

林成川原本是險些信了她們母女的話，如今看著那糕點，想到這是陸家特地給自己女兒凝洛送來的糕點，這意味著什麼，還用想嗎？

人家陸家怎麼可能看不上自家女兒？

他竟然險些信了杜氏的話，委屈了自己女兒？

當下他真是越想越生氣，氣得指著杜氏大罵。「妳這賊婦，倒是能混淆是非黑白！」

杜氏心虛，一句話也不敢說了。

凝月盯著那糕點，嫉妒得眼睛都紅了。

怎麼可以，怎麼可以把這種糕點給了凝洛？凝洛有哪點好，為什麼一個、兩個、三個的都喜歡她？她不就是比自己長得好看一點嗎？不就是一副皮囊嗎？

就在林成川氣得夠嗆，杜氏和凝月都心裡泛酸、惱火憋屈的時候，卻聽得凝洛淡淡地開口了。

「父親，剛剛我懶得說，想著一家子姊妹，不好直說，但是現在想想，也該說出來讓父親管教一下妹妹了。」

這話一出，凝月一驚，怎麼又說到她了？

林成川忙問：「凝月怎麼了？」

凝洛淡淡地道：「當時在陸府裡，人家那邊的客人有七、八個年輕的姑娘，我看個個知禮知義，偏偏凝月跑過去貼著人家說話。不但如此，還處處巴結著陸寧，就像人家的貼身小丫鬟似的。」

林成川一聽，臉色陰沈。「凝月，可有此事？」

凝月心虛，小聲說：「沒有……」

然而林成川何曾看不出來。「妳竟然如此丟人現眼！」

偏生這個時候，凝洛又道：「當時人家貴客嘲笑，陸家人也一臉嫌棄，這也就罷了，偏生我這個當姊姊的，又討那位陸老夫人喜歡，人家拉著我的手，私底下都說：『妳這個妹妹，妳也得管管，要不然以後出去別人定然指指點點。』我當時羞得都不知道說什麼好。」

林成川聽到這裡，已是大怒，拍案道：「妳們母女，簡直是胡鬧！」

凝月羞得無地自容，杜氏待要辯駁，卻又聽得凝洛輕飄飄地道：「我沒說錯話吧？若是父親覺得有什麼不對，盡可以向陸家求證……」

行，她把陸家都抬出來了！

林成川這個時候信誰，當然是信凝洛。

陸家給凝洛特地送來糕點，這還不是賞識嗎？所以丟人現眼的一定是二女兒！

林成川指著杜氏。「妳就是這麼當母親的，我、我的臉都被妳丟盡了！都被妳丟盡了！」

林成川對著杜氏怒斥，連凝月都被這一高聲嚇得一哆嗦，她從未見父親對母親生過這樣大的氣。

杜氏心裡憋屈，被林成川這一吼，眼淚也流了出來。她拿著帕子轉過頭擦眼睛，口中道：「這、這是我的錯，我也沒想到，沒想到凝月這麼不懂事，我以後定要好生教訓她……」說著，指了凝月。「妳還不跪下，還不跪下！」

凝月又是一嚇，不禁也流下淚來，慌忙跪下。「娘，我，娘……」

她向她娘求助。

然而林成川此時正惱著，臉色鐵青，連杜氏見了都有些怕了。

林成川指著凝月。「跪下，給我跪下！來人，上家法！」

凝月聽了，嚇得哆嗦起來。「娘，救我！」

林成川冷笑。「我看今天誰敢救她！」

杜氏待要說什麼又不敢，林成川拿來鞭子，氣得朝著凝月狠狠地給了三鞭子，又道：「罰月錢半年，一個月內不許給我出門，好好地在家反省！」說著，又對杜氏道：「還有妳，妳也好好反思，到底怎麼教女兒的！」

杜氏看著凝月挨打，哭得跟個淚人兒一般，直說林成川心狠。

若是往日，林成川看到杜氏這樣哭，必然心軟，但是近日，他想想這面子都丟到了陸家，著實發了一通脾氣，倒是把杜氏給鎮唬住了。

凝洛沈默地看完整齣戲，看著凝月挨打，杜氏哭啼，場面狼狽混亂，最後看得滿意了，她要走，還不忘囑咐說：「桃花糕帶上。」

那麼好吃的桃花糕，不能便宜了外人。

第十三章 西席

許是陸家對凝洛的看重增加了她說話的分量，林成川真的將沈占康好好地打聽了一番，甚至還弄到沈占康的兩篇文章。

看過那文章，林成川覺得凝洛推薦的人選不但學問好，這件事還做得很及時。

這樣一個才高八斗的人，遲早會有被重用的一天，到那時林家若想結交說不定都遞不進帖子。而此時，那沈占康正懷才不遇，能到林家教書，實在也是林家的造化。

放下沈占康的文章，林成川立即派人去請，用他的話說，一位尚未入仕的人能寫出那樣練達的文章，一旦有了功名，前途定不可限量。

沈秀才剛剛丟了一份教書的活計，正算計著手裡的銀子要如何度日，便有人上門來請，可真是雪中送炭。

尤其他聽說這東家還是有些名氣地位的人家，出的銀子對他來說，可以說是重金禮聘，一時也是受寵若驚。

他剛丟了活計，倒不是因為他有什麼錯，或者教得不好，只是那人家總覺得他太過年輕，到底托人找了位老先生，這才支支吾吾地把他辭了。

雖然多給了他一個月的銀子，可他從前吃住都是在東家，這生活一下就沒了著落。林家來人請的時候，還說是林老爺慕名已久，他更是覺得新東家有知遇之恩。

見了林成川，沈占康不卑不亢地行禮，又向他道謝並保證一定將畢生所學傳授於林家公子。

林成川雖承了他的謝，到底忍不住炫耀了一下凝洛的眼光。「倒也不是我識得先生這顆明珠，是我那個大女兒，向我舉薦了你，說你有逸群之才，我尋到了先生的文章，拜讀之後只覺齒頰生香，這才決心請先生前來。」

沈占康不想在深閨之中竟還能有未曾謀面的知己，雖不知對方是何人，心中已經感激不已。

正說著，寶順便通報出塵過來了，林成川想到兒子也許是過來拜見先生，高興地讓人帶了進來。

「出塵，這位西席是沈先生，以後你跟著他做學問吧！」林成川笑著向出塵介紹道。

「我知道。」出塵帶著些微的興奮。「這是大姊推薦的那位先生！」

不知道是不是受了凝洛鼓勵的影響，出塵的性子較之從前活潑許多，說完便向沈占康深深地施了一禮。「學生林出塵拜見先生！」

沈占康見自己要教的孩子也不是個愚鈍的人，因此也是滿心高興，一面虛扶了出塵一把一面道：「不必多禮！」

「先生，」出塵見這位先生較之從前的那位很是溫和，膽子也大起來。「今日您給我授課嗎？我有些日子沒讀新書了！」

林成川在一旁見兒子如此向學，覺得心中欣慰，看著那對師生微微笑起來。

沈占康卻低頭向出塵道：「我們今日要先看看你讀了哪些書，讀到了什麼程度，然後今晚我會根據你現在的學問，幫你制訂適合你的書目，明日開始再授課，好嗎？」

出塵見先生不但想得十分周到，還體貼地問他的意見，他心裡前所未有地興奮和滿足，卻不知道要說些什麼，唯有向沈占康猛點頭表示他的認同。

林成川也滿意地點點頭，又向沈占康道：「我先讓人帶先生去認識一下先生的臥房和犬子讀書的地方，先生可以在家中隨便轉轉，午飯我略備些薄酒，先生跟我的家眷們也見個面，免得日後走在家中碰了面也不認識。」

沈占康忙向林成川拱手道謝。「林老爺想得周詳，占康先行謝過，不過酒水就不必了，今日還要試出塵的學問，實在不宜飲酒。」

林成川聽了沈占康的話暗暗高興，雖然覺得先生的話有理，口中卻道：「不過小酌一杯，算不得什麼。」

不等沈占康再推辭，林成川又說道：「那些過會兒再說，先生先去房中看看，略歇息一會兒吧！」

出塵從父親書房出來後，跑向了芙蕖院，迫不及待地想要找凝洛分享一下方才的所見所聞。

他太想快點到芙蕖院了，甚至在轉彎處都沒減速，直接就朝人撞了過去。

「哎喲！」凝月差點被出塵撞倒，一揚手死死地抓住身旁的丫鬟，這才好不容易穩住身形。

「你亂跑個什麼！」待到看清撞她的人是出塵，凝月瞬間火起，揚起手就甩給出塵一個耳光。

出塵捂著臉卻不敢哭，只忍著淚道歉。「二姊，我不是故意的。」

「誰管你是不是故意的！」凝月指著出塵的鼻子就罵了起來。「你不長心也不長眼嗎？在園子裡橫衝直撞個什麼？你那個姨娘怎麼教你的，半點規矩都不懂！」

出塵遇到凝月還是會怕，不要說是他撞人在先了，就連平時遇到她，他也只會低頭聽著，一句反駁的話都不敢說。

凝月見她怎麼訓對方都不吱聲，罵了一會兒也覺得累了，才向出塵斥道：「還不快滾！」

出塵如蒙大赦般忙繞過凝月向前跑去，跑了兩步又想起凝月方才的訓斥，又連忙停下來大步慢慢走。

凝月回頭看見他那副樣子，不由冷哼一聲。「扶不上牆的！」

到了芙蕖院，出塵早已沒了先前的興奮，甚至還有些低落，只跟凝洛在小几兩側對面坐了，然後低著頭出神。

「這是怎麼了？」凝洛看他情緒不對，一邊問著一邊將几上的點心往他那邊推了推。

出塵只抬手在點心碟子邊兒上扶了扶，卻沒有拿點心吃。

凝洛疑惑地看向出塵的臉，總算看出了異樣。

「你那臉上是怎麼了？」凝洛看著他一側有些紅腫的臉頰，心裡已有了猜測。

「沒、沒什麼。」出塵將那邊的臉又往遠離凝洛的方向轉了轉。

凝洛見他這樣便將眼神收回來。「不打算跟我說說嗎？」

出塵沈默了一會兒，才低聲道：「我方才去父親那裡見先生了。」

凝洛自然不會認為出塵臉上的一掌會與父親或者先生有關，可既然出塵不願談，她也不再追問。

「你覺得那個先生怎麼樣？」

教出塵的學問肯定是不在話下，就是不知道出塵是不是喜歡，如果跟著能讓自己心悅誠服的先生，出塵學起來也會更輕鬆些。

「先生人很好。」出塵輕聲說道，眼睛仍看著別處。

凝洛見他這樣，只是應了一聲沒再說話。

「先生真的人很好！」出塵生怕凝洛不相信似的，轉過頭認真地看著凝洛，再次強調。

他不願讓凝洛覺得自薦的先生令他不滿意，何況，他對那位沈先生是真的很喜歡。

「是嗎？」凝洛見他打起幾分精神，微笑著問了一句。

出塵用力地點頭。「先生說今日要考考我的學問，晚上親自為我選書，明日開始授課！」

凝洛看他越說越興奮，也笑著說道：「先生的想法是對的，今日先生考你，你也不必緊張，會便好好答，不會便告訴先生不會，明日開始跟先生好好學就是了！」

出塵再度點頭。「我記住了，大姊！」

「還有，」出塵像是忘記方才的不快，滔滔不絕起來。「父親說要設宴款待先生，讓先生認識認識家裡人，待會兒大姊就能見到先生了！」

凝洛看著出塵幾乎要手舞足蹈的樣子，挑眉問道：「不是姊姊非要揭你傷疤，你臉上這個樣子，過會子怎麼見人？」

出塵一愣，情緒又低落下來。「要不……要不……」他吞吞吐吐了好一會兒。「要不我稱病不去了吧？」

凝洛淡淡地道：「為什麼稱病，別人打了你，又不是你的錯，為什麼反倒是要讓你避著人？該羞愧的是那些打你的人。」

這縱然是個庶出，也是林家唯一的男兒，是要繼承香火的人，她倒是要看看，是什麼人竟然敢這樣打出塵。

出塵愣了下。「那我，那我就這麼去？」

「對，你就這麼去。」

丟人又怎麼樣？出塵丟的也是林家的臉。家裡人不在意臉面，那就丟吧！

小滿打濕了毛巾擰乾，要為出塵敷一下，凝洛卻淡淡地道：「不用了。一個男孩子，何必這麼嬌慣。」

一時又問起來，出塵猶豫了下，終於肯說出緣由。「是我在園子裡撞了二姊。」

他確實覺得自己有錯在先，所以即便覺得委屈也不敢說。

凝洛毫不意外。「你撞傷了她？」

出塵搖頭。「倒是沒傷到，只是嚇了一下，她就打了我。」

凝洛聽聞，問道：「你就這麼任憑她打？她打了你就是應該的？」

就算傷到了，凝月也不該出手打人，只是凝月跟在杜氏身邊，從來不把宋姨娘母子當人看，出塵挨了凝月的打，別說反抗，恐怕是連吱聲都不敢。

想一想，也實在是這些年凝月太過驕縱，宋姨娘母子把性子收了又收，縮成了一團，怯懦得根本不敢聲張。

出塵低下頭，不敢說話了。

「出塵……」凝洛考量著用詞，淡聲道：「以後要學著保護自己，你到底是個男孩子，任憑別人這麼隨便打罵，像個什麼樣子？」

出塵覺得凝洛似乎有許多話要說，可最後只是囑咐了他這麼一句，也鄭重地點了點頭，心裡想著：總是要爭氣，姊姊這麼說了，自己得聽著。

凝洛在午宴上見到傳聞中的沈占康，生得俊秀端莊，雖然衣著上可以看出如今有些落魄，可文人的氣度風骨還在，相貌堂堂、氣度不凡，確實能成為出塵的良師。

沈占康原以為林家大姑娘只是個愛讀書的小家碧玉，沒想到竟是個談吐氣質都超乎他想像的絕色女子，當下一眼看過去便覺臉臊。

只是他不好直盯著人家姑娘家打量，簡單地見過禮就入了座。

杜氏母女自然不把這窮酸秀才放在眼裡，只是礙著人是林成川請來的，才互相認識了，不鹹不淡地寒暄兩句。

一時沈占康心中生出無限感慨，一來他自覺懷才不遇這麼多年，竟然會被一個深閨女子推薦他教書，感慨他平素裡接觸的那些人竟不如這個女子；二來林老爺那樣一個看起來中規中矩的小官，竟有凝洛這樣的女兒，感慨凝洛的舉手投足竟像是世家姑娘；三來同樣是林老爺的女兒，那位二姑娘與大姑娘完全不同，感慨一個是珍珠美玉一個是魚眼睛。

林成川自是不知沈占康的一番心思，只拿了酒要敬他，沈占康推辭不過，到底淺酌了事。

林成川後來也不強求，索性自斟自飲起來，顯然是心情不錯。「凝洛、凝月，妳們二人也不要因為是姑娘就不求上進，自古巾幗不讓鬚眉，便是姑娘家也有做學問的。」

林成川笑呵呵地看著兩個女兒。「以後學問上有什麼不懂的，也可以多向沈先生請教請教。」說著，看向了沈占康。

沈占康則忙自謙道：「不敢當！」

宋姨娘也對這位新來的先生很滿意，看起來是個正直正派的人，不像上一位幾乎將「酒色財氣」幾個字都寫在臉上。

凝洛聽了父親的話認真地點了點頭，凝月卻像是沒聽見般給杜氏挾了一箸菜。

出塵覺得沒有自己說話的分兒，只是安靜地聽，或者在大人們都挾菜的時候也跟著挾菜吃。

聽到父親讓兩位姊姊也向先生請教，他覺得先生一定是非常有學問的人，又擔心凝月會跟先生說些他的糗事，但看到凝月的反應後，他又稍稍放下心來，看來二姊並不想跟先生打交道。

可是他心裡又有些難過，母親和二姊對沈先生好像沒有對之前的張先生那樣熱絡，那冷淡的神情似乎都給他看出一絲嫌棄來，沈先生會不會不高興？

出塵偷偷地看向沈占康，卻剛好接觸到對方的眼神。

「出塵也要多吃些飯菜，要知道讀書是很消耗精力的事。」沈占康微笑地向他說。

好像還沒有人在飯桌上這樣在意過他，出塵聽了這話又是很開心，用力向沈占康點點頭。「我記住了，先生！」

杜氏聽了簡直嗤之以鼻，這先生的學問是不是比表弟好她還看不出來，如今看著卻也是個不明白的人。

哪有先生哄學生的？再說了，哄著那個不成器的有什麼好處？最後還不是要看她這個當家主母的臉色？

因此她絲毫不覺得方才凝月假裝沒聽到林成川的話有什麼不對，向那沈占康有什麼可請教的？不過一個窮秀才而已，以後未必能翻得起什麼浪花來。

林成川看到凝月的反應，臉上的笑險些掛不住，可當著先生的面又不好發作，也只能忍下不快。

可是誰知道就在這時，沈占康卻看到了出塵臉上那觸目驚心的紅印子，當下微意外。「這是怎麼了？」

出塵本是用另外半張臉對著沈占康，如今卻不經意被沈占康看到，不免羞愧，只好道：「是我不小心摔在地上，才傷了的。」

這個時候林成川也看到了。

那個巴掌印觸目驚心，明顯就是一個巴掌印，怎麼可能是不小心摔著呢？

林成川當下皺著眉頭，覺得丟人至極！

今天是要請先生過來的，結果林家唯一的男丁林出塵竟然這等模樣，傳出去這像什麼話？人家先生又是怎麼想？

只是當著沈占康的面，林成川不好多問，只能敷衍著說了幾句出塵，這才作罷。

沈占康感覺到不對勁，卻也不好說什麼，只能當作沒看到了。

各懷心思地用過飯，杜氏迫不及待地帶著凝月離開了。

陸家老太太的壽宴過後，她還沒找到藉口再與陸家接觸，這關係若是不走動，用不了幾天就會淡了，那是她不允許發生的。

雖然老太太送了糕，卻是看了凝洛的面子，她苦心經營那麼久，可不是為凝洛作嫁衣的。

林成川看著那離去的母女，自是不喜，他請來的先生或許沒什麼身分地位，可到底是個教書育人的先生，最基本的尊重應該要有的。

好在沈占康對此毫不在意，同出塵約定了時間，便向林成川等人告辭回了自己房間。

而林成川回到房中，把杜氏叫來，自是好一番問，當問出是凝月打了出塵的時候，不由大怒。「再不濟，也是林家的血脈，以後承襲林家的香火，妳能這麼打她？」

凝月被林成川說得一愣，想一想感到委屈，當場就哭起來。

杜氏跟著過去，向杜成川告惡狀，說起出塵如何不老實，如何衝撞姊姊凝月。

凝月也跟著加油添醋，最後林成川只能無奈跺腳。

「妳們母女、妳們母女，成什麼體統！」說完，林成川憤而甩袖離開。

這邊，宋姨娘忍不住再次向凝洛道謝。「難為妳記得出塵的事，還舉薦了這麼好的一位先生。」

宋姨娘又向出塵招呼道：「出塵，快謝謝你姊姊！」

出塵欣然上前行禮。「多謝大姊！」

凝洛忙扶住出塵。「姨娘也太過客氣，為了這麼一件小事都謝了多少回了！」

出塵乖巧地站在凝洛身旁，凝洛攬著他的肩繼續笑道：「再怎麼說，我和出塵是姊弟，總這麼謝來謝去，豈不遠了？」

宋姨娘見凝洛說得誠懇，心中更為感動，只向出塵囑咐道：「如今換了先生，你可要跟著先生好好學，若是沒有長進可怎麼對得起你大姊的這片心！」

正說著，林成川過來了，他在杜氏那裡受了氣，又辯不過杜氏，心裡憋屈，這才過來宋姨娘這裡，誰知道恰好看到這一幕。

「好了、好了！」林成川走了過來。「出塵還小，不必跟他講這些，只讓他跟著先生好好做學問便是！」

看著這姊弟兩人和睦，他方才在杜氏那裡的鬱結總算舒展些，心裡不免欣慰，想著至少這兩個是好的，出塵也是懂事的孩子，之後不免言語中和宋姨娘提起這事來，倒是安慰了幾句，在床笫之間說了許多好話，將來要如何栽培出塵云云，還說家裡的一切將來都是出塵的，倒是把宋姨娘感動得要命。

接下來的日子，沈占康教得用心，出塵學得勤奮，這一師一徒均有如魚得水之感，只覺日子過得飛快。

沈占康對凝洛很是敬重，有時二人偶遇，還會談論幾句詩詞歌賦，對彼此都很欣賞。

對於凝洛而言，無非是對學問人的敬重，可是對沈占康而言，卻是別有一番意味。

這沈占康也是心中有大學問、大抱負之人，奈何懷才不遇，在自己最為落魄之時，萬萬沒想到閨閣之中竟然有這麼一個女子向父親舉薦自己。

沈占康得凝洛如此看重，又見凝洛行事落落大方、進退有度，自是對凝洛格外敬重欣賞。

偏偏這凝洛姑娘又得繼母諸多顧忌，看得出境況不佳，沈占康在敬重之餘，多少有些憐惜，想著這麼好一位姑娘，怎不能備受寵愛，還要操心這麼多事？

這麼一想，他心裡多少添了一些心事。

只不過他是正人君子，如今自己又寄人籬下，心事只能埋在心裡，卻是不好說出的，即使在凝洛面前，也每每端莊守禮，絲毫沒有任何逾越之處。

對此，凝洛自是全然不知。

這一日天氣漸漸熱起來，凝洛一早向杜氏請安，又送父親出了門，才往自己的院子走去。

路過園子，見沈占康正在一棵樹下讀書，早上的陽光還稍柔和些，伴著微風輕輕從樹葉間隙灑下來。

「先生這麼早就開始讀書了？」那棵樹正在路邊，凝洛要從那裡經過，於情於理都應該打個招呼。

沈占康聞聲抬起頭，笑著起身，彬彬有禮地道：「晚上房裡熱得人有些煩躁讀不進書，索性早起一會兒。」

凝洛見他肩頭微微有些潮，想來是很早在這裡了。

「晨間露涼，先生得仔細些才好。」

沈占康心頭一暖。「謝姑娘提點。」

凝洛點點頭，欲繼續前行。「該回去用早飯了。」

「凝洛姑娘！」沈占康卻出聲喚住她。

「先生還有何事？」凝洛停下腳步轉身。

二人雖接觸不多，但在凝洛心裡，沈占康亦師亦友，若他有什麼困難要她幫忙，她斷是不會推脫。

沈占康卻猶豫了一下，方才因為要喊住凝洛而微微伸出的手，慢慢收了回來，臉上竟有幾分難色。

凝洛耐心地等他繼續說，沈默了一會兒，見他好像還在思量怎麼開口，忍不住問道：「先生可是遇到了什麼難處？」

若是杜氏為難他，她倒是可以想想辦法，只是像沈占康這種人想來不會因為這種事求助於她。

想來想去，能讓他如此難以開口，難道是因為囊中羞澀？

凝洛正算計著自己有多少銀子可以借給沈占康，卻聽沈占康道：「姑娘的知遇之恩，占康一直無以為報，想要送姑娘個什麼禮物，卻又……」

凝洛看沈占康說著竟低下頭，甚至連耳根也微紅了。

「這本書倒是我珍藏許久的，雖不是孤本但也難尋，還請姑娘不要嫌棄，收下吧！」說著，沈占康雙手將手中的書送到凝洛面前。

凝洛見此情形卻是不肯收。「我怎麼好奪先生所愛？再者說，先生能來林家任教，靠的是先生的才華，與我是沒什麼關係，凝洛不敢居功，還請先生將書收回去吧！」

沈占康看向凝洛。「若不是姑娘舉薦，林老爺又如何得知我這無名之輩？」

凝洛又推辭了幾句，見沈占康一直堅持，又想到像他這樣的文人定是不願欠人情，只怕這一早來讀書也是為了這事，她若真的不收，那沈占康的心中必定也不好過。

「如此便謝謝先生了！」凝洛接過書，鄭重地道謝。

沈占康總算鬆了一口氣，面上也輕鬆起來。「那我回房用飯了，待會兒還要考出塵對對子。」

凝洛見他這樣，倒也沒說什麼，當下準備離去，只是剛走兩步卻聽見路旁有什麼動靜。她疑惑地回頭望了一眼，只看見樹後一個湖藍色的身影一閃便不見了。

正是林家丫鬟夏日裡的衣服顏色。

凝洛當下輕笑一聲，想著怕是又要出么蛾子了。

且說凝月到了杜氏那裡，把自家丫鬟春分說給自己的話，加油添醋道給杜氏聽，杜氏不疑有他，一聽之下就認定了那是事實。

不等凝月說什麼，杜氏又接連說出自己的猜測。「我說她一個深居簡出的姑娘家，怎麼就知道外面一個窮秀才，想來是早就暗中有來往，如今想辦法弄進家裡來，說不定都已暗通款曲！」

凝月忍不住幸災樂禍。「那就讓她嫁給那個窮秀才好了！」

杜氏雖然也樂見其成，可到底比凝月想得多些。「她怎麼樣咱們不管，要管也是妳父親去管，她那名聲我也不在乎，就怕帶累了妳。」

「她是她，我是我！」凝月不以為然。「她一個沒娘教的還能帶壞我的名聲？」

杜氏想了一下，點頭道：「也對，那我也不用顧慮那麼多了，她的名聲受損也許對妳是好事，至少那些好人家她是別想指望了。」

第十四章　抓賊

回到芙蕖院，凝洛想起園子裡那個一閃而過的身影，沈默了片刻，低下頭。

凝洛又翻了翻沈占康送她的書，是一本詩詞集，不但收錄有名的詩人，連一些名不見經傳但詩詞優美的詩人也有。她隨手一翻就翻到了兩首她不曾讀過的。

凝洛低頭看著詩集。「白露，將咱們的雀舌包上一些送去給先生，就說我謝謝他的贈書。」

白露聽了卻忍不住抱怨。「他這書未必有咱們的茶葉值錢吧？」

凝洛聞聲一笑，抬起頭來，見白露雖口中抱怨可到底找了紙張來包茶葉。「妳懂什麼，在文人眼中，世間萬物皆可以用銀子衡量，唯有這書才是無價的。」

白露已包好茶葉，聽凝洛這麼說，忍不住笑道：「照這麼說，先生送了這麼重的禮給姑娘，姑娘只回一點茶葉，豈不是失禮了？」

凝洛卻看著她道：「我何其有幸，有妳這麼一個無理也能攪三分的丫頭！」

白露頓覺失言，忙向凝洛認錯。「奴婢錯了，請姑娘責罰！」

「罷了。」凝洛早已瞭解白露的性子，自然不會與她計較。「快快將茶葉送過去，晚了先生就去課室了！」

看白露領命出去，凝洛才將手中的書放下，確實是本難得的好書，又想到這是沈占康珍藏了許久的，總不好在她手中翻爛，便向小滿道：「去找幾張紙，將這本書的前後封包一下！」

待小滿將書包好，凝洛就坐於窗前研讀起來，不一會兒白露也回來了，說先生收了茶，向凝洛道謝。

凝洛只點了點頭，又將心思投入書上了。

白露和小滿二人則為凝洛準備了茶水點心，放在她伸手可及的地方，然後二人輕手輕腳地收拾起房間來。

直到讀了一個時辰，凝洛才將那本書讀完，站起身活動一下身子，看著窗外道：「詩境何人到，禪心又過詩。」

不想外面竟傳來一個聲音。「妳的丫鬟們怕是不能懂妳吟的詩吧？」

凝洛看著出現在窗外的凝月。「什麼時候學得這身蹲牆角的本事？」

凝月聽她有嘲諷之意，忍不住解釋道：「我過來找妳說話，看妳窗子開著才想先看看妳在不在屋裡。」

凝洛知道她無事不登三寶殿，敷衍一笑。「那妳我二人就這麼隔著窗子說話？」

凝月卻沒動。「我知道妳不歡迎我，可妳我之間又沒什麼深仇大恨，姊妹之間說說話總不過分吧？」

凝洛一聽。「姊妹？妹妹何時把我當姊妹來看了？」

凝月被她這一說，面上狼狽，不過還是道：「算了，妳出來吧，妳這廊下還有點風，我們坐在這裡說話。」

凝洛看她今日這般，知道她必是有所謀劃，當下乾脆順水推舟應了，想看看她到底有什麼計策。

好在凝月也沒聽見，椅子剛放好便一屁股坐下去。「有梅子沒有？不想喝這熱茶水。」

「妳到我這兒來就為了吃梅子？」凝洛嘲諷地反問。

凝月被她這麼一激，心裡原本的打算落空了，乾脆一股腦將自己的想法和盤托出。「我看那個沈先生很是不錯，與姊姊郎才女貌，倒是天作之合！」

凝洛見她這麼說，擰眉，盯著她看。「妹妹，妳年紀輕輕地就給人保媒拉線，母親知道嗎？」

凝月一下被嗆得臉都紅了，冰人從來都是下九流、上不得檯面的，凝洛一句話把她說成冰人，她一時就有些惱。

凝洛笑了笑，又道：「若是妹妹想做這個，早早地稟告父親母親，早點嫁人，入了冰人道才是好。」

凝月恨得眼睛都紅了。「妳說話怎這麼難聽？我真沒見過哪個姊姊像妳這樣！」

「我也是沒見過哪個妹妹像妳這樣，眼巴巴地說這些婦人家才會說的話，我是妳姊姊，自然知道妳的清白，若是不知道的人，怕還以為妹妹早已經做了什麼不好的事了。」

這句話堵得凝月心裡那叫一個憋屈，愣了半晌，差點一口氣沒過來，憤而甩袖子走人。

看著凝月的背影，凝洛冷笑一聲，心中斷定早上偷聽她與沈占康談話的丫鬟應該是跟凝月說了些什麼，就凝月這副熱心腸的勁頭，不知道的人還以為她真是替凝洛這個姊姊著想。

可惜，凝月不知道沈占康並非池中之物，日後也是有一番造化，不然她怎麼肯心甘情願地前來鼓動凝洛，而不是自己早早撲上去了。

只是如今，凝洛先說動了沈占康過來當先生，沈占康對她心存感激，她就已經占了先機，等到他日人家飛黃騰達時，自然記得這份恩情。

重活一世，她力量單薄，總是要想辦法為自己儲備一些助力。

打發走凝月，凝洛望著院門若有所思，她仍在廊下坐著，甚至方才凝月告辭都未動分毫。

看著凝月走出院門，凝洛知道她不會善罷甘休。

「妳們兩個，」凝洛看著院門，卻是向身後的白露、小滿說話，那二人一聽忙湊上前來。「找幾個靠得住的人，最近盯著咱們院子，有什麼奇怪、不合常理的舉動，便來找我通報。」

白露、小滿對視一眼，雖不明白凝洛讓她們盯什麼，但也齊聲應了下來。

且說凝月走出凝洛的院子，不免笑起來。她本來就是過來試探凝洛，見凝洛一直冷冷地對她，便覺凝洛心中必定有鬼，她倒是真心想讓凝洛嫁給那個窮秀才，一想到凝洛出了林家要去過窮困潦倒的日子，她就開心得想笑出聲來。

她當然不知道，這個窮秀才以後會是如何飛黃騰達。

最近發生的事讓杜氏覺得，這個家表面上她說了算，可她到底還是要聽林成川的，所以聽了凝月說的那些，她倒不急於去找那沈占康或者凝洛，而是先跟林成川吹起枕邊風來。

杜氏先是對著林成川幽幽地嘆了一口氣，然後滿面愁容地望著他。

林成川本不想理她，若是個清瘦些的女子，比如宋姨娘作這番姿態，他必定覺得惹人憐惜，可這珠圓玉潤的杜氏做出來，只讓他有種杜氏吃多了腸胃不適的錯覺。

可杜氏很執著，就那麼不錯眼地盯著林成川。

就算他不去看，他也知道那兩道視線正黏在他身上，好像在吶喊「問我，快問我」。

林成川躲了一會兒那眼神，終究長嘆一聲看向杜氏。「怎麼了？」

杜氏心中一喜，想到自己方才應該是惆悵的模樣又苦起臉來。「都說繼母難當，我從前不信，只說將心比心就當自己多生了個女兒便罷，可如今遇到事，我卻因著繼母的身分不好管呀！」

林成川聽她又是這副論調，不由皺眉，上次杜氏一把鼻涕、一把淚地說凝洛被陸家人嫌棄，她一個繼母不好管，他可還沒忘。

「又是什麼事？」林成川聲音裡有不耐。

杜氏見他這樣，不得不在心中設計一番語氣用詞。

「其實我也相信凝洛是個心中自有分寸的人，可誰都有年輕的時候，怕就怕個萬一。」杜氏說得誠懇，倒真像一位為兒女事操心的慈母。

林成川聽她這話說得倒像是那麼回事，也認真了幾分。「到底發生了什麼事？」

杜氏看著林成川的臉色，有些為難道：「倒也說不上發生了什麼，只是我聽到一些風言風語，本不想放在心上，可又擔心是無風不起浪，所以這才跟老爺商量商量。」

林成川受夠這番拐彎抹角，皺眉道：「什麼『風言風語』，什麼『無風不起浪』，妳倒是說清楚！」

杜氏見鋪陳得差不多了，直接道：「聽說凝洛跟咱們家新來的先生，私下來往甚密，有不少下人都常見他們二人在園子裡……見面聊天，那先生還給咱們凝洛送東西。」

杜氏看林成川的臉色漸漸難看，沒說出在園子裡幽會的話。「老爺，就算你覺得凝洛如今長大懂事了，卻到底還是個未經情事的姑娘家，況且正是衝動的年紀，萬一……」

杜氏故意沒將話說完，她相信林成川聽了這番話心裡不會沒有想法。

「也不能就靠幾句閒言碎語去懷疑孩子。」林成川還是選擇相信凝洛。「還是先看看再說吧！」

杜氏這次並不急於一下子說服林成川，竟還附和了林成川幾句，倒使得他覺得杜氏的話有了幾分可信度。

過了兩日，杜氏又找到機會向林成川提凝洛的事吹耳邊風。

「這些下人們也該管管了，」杜氏愁眉苦臉地說。「在背後議論主子像什麼話！只是嘴長在他們身上，我們管得了當面，卻管不了背後。」

杜氏又長嘆一聲。「人家都說不會『空穴來風』，我總覺得這件事不簡單。」

「老爺，你想想，」杜氏湊到林成川旁邊低聲說。「有多少荒唐事都是這些年輕人做出來的？他們才子佳人的話本看多了，難保不生出些想法，剛好又在一個屋簷下住著，你說……」

見林成川若有所思，杜氏一狠心道：「你我當年的事發生的時候是什麼年紀？如今凝洛年紀更小，這名聲的事可不能掉以輕心呀！」

林成川總算微微點了點頭。「這次妳考慮得很對，但我一個做父親的不好去說什麼，妳再多注意一下，找機會提點一下凝洛，沒什麼真憑實據就先別說什麼了，免得傷了孩子的心。」

杜氏見林成川放權心中大喜，嘴上卻道：「看你說的，那不也是我的孩子？我還能故意去傷她？」

那一日，杜氏派去暗中盯著沈占康和凝洛的下人，沒發現兩人有何逾越之事，不過倒是觀察出沈占康竟喝起雀舌這等好茶。

杜氏一聽到消息，雖然沒找到由頭構陷兩人私相授受，但逮到機會自然笑得開懷，當下笑著望向立春道：「收拾收拾，咱們去會會那窮秀才！」

立春知道杜氏的盤算，附和道：「我聽說那秀才來咱們家之前，落魄得都快沒有飯吃了，這才過來幾天就喝起好茶，只怕其中有蹊蹺。」

「我也這麼想的，俗話說『人窮志短』，那窮秀才到了咱們家，老爺座上賓似地奉著，肯定就生出不該有的心思。只可惜老爺信錯了人，千挑萬選找了個賊來！」杜氏冷笑一聲，聲音裡盡是幸災樂禍。

杜氏認定沈占康偷了林家的財物，而這沈占康是凝洛舉薦的，這一次得狠狠地給她一個難堪。如今林成川既已放權給她，她少不得要好好藉機發揮。

「立春，妳去喚兩個小廝過來，咱們來個『先禮後兵』！」

一行人氣勢洶洶地來到沈占康書房的時候，沈占康正在準備出塵第二日的功課，大晚上見到當家主母前來，他顯然也十分意外。

杜氏卻擺出一副虛情假意的樣子。「我過來看看先生，您來了這許多日，吃的、住的可還習慣？下人們可有慢待的地方？」

沈占康自然看出杜氏並不是前來慰問他那樣簡單，也只能起身答道：「讓夫人操心了，一切都好。」

杜氏向沈占康的房中不住地打量，從前她給表弟準備的是一處小院，而沈占康來的時候，她跟林成川說那處小院另有他用，只準備了這麼一間房，既是書房，也是臥房。

許是因為沒有為他配備書架的緣故，沈占康的書桌上堆著許多書，顯得有些凌亂，那滿滿當當的桌子上，卻闢出了一角，放著茶壺茶杯？

杜氏笑著上前掀開壺蓋，口中道：「聽聞你們這些文人墨客最愛飲茶，不知先生喜歡哪種？」

說著，那壺蓋已經打開，壺中茶水顏色果然已淺，只是那隨著壺蓋掀開而升騰起的茶香和水中茶葉形狀，都表明這是上等的好茶。

「喲！」杜氏故作驚訝地抬頭看向沈占康。「這茶可不便宜吧？」

沈占康不知杜氏打什麼主意，只輕輕點了點頭，卻沒有說話。

在杜氏看來，沈占康這是心虛了，於是繼續追問。「多少銀子一兩？」

沈占康搖了搖頭，卻開口問道：「夫人有什麼吩咐嗎？」

杜氏冷冷一笑，走向房中的主位坐了下來，一副要處理大事的模樣。

「我尊稱您一聲『先生』，是因為你為我那庶子授課，但在其他方面您能不能擔得起『先生』二字，恐怕還有待商榷。」杜氏眼帶蔑視地看了沈占康一眼。

沈占康落魄這幾年，沒少見這種眼神，早已練就了能屈能伸的本事，這一眼他自然不會放在心上。

「夫人此話怎講？」沈占康一撩衣袍，在一旁的椅子坐了下來，面無懼色。

杜氏見他如此，心中卻有了怒意，臉色也沈了下來。「我家老爺心善，又是不愛管事的，不管是家中還是手上，都看得很鬆。」

杜氏說著瞄了一眼沈占康，見他仍是一副不為所動的表情。「可偌大的一個家又不得不有人撐著，我便少不得出面做個壞人。」

沈占康耐心地等杜氏說結論，他從前在別人家教書，雖然主母的出身未必都是大家閨秀，可到底都是知書達禮的人，因此對他都還客氣。眼前的這位杜氏，並不像是這樣門第的當家主母，卻比他在街面上見過的市井小民更像些。

「先生沒什麼要說的嗎？」杜氏見沈占康一逕沈默著，不由問了一句。「若是你主動招了，我還可以放你一馬。」

杜氏拿出居高臨下的氣勢，端坐在那裡像是升堂審訊犯人一般。

沈占康看她那個樣子，不免心中冷笑不止，面上卻仍是淡淡地說道：「占康愚鈍，不知夫人所問何事。」

杜氏怒極，往桌上拍了一掌。「你還裝糊塗！」

沈占康看向杜氏，他聽伺候他的下人說過，從前的先生是這位杜氏的表弟，因為沒有真才實學被林老爺趕出去，所以杜氏今日的這番作為，沈占康倒覺得在意料之中了。

「請夫人明示。」沈占康仍舊平靜，並不因為杜氏的態度而氣惱。

只是他越是這樣，杜氏越發覺得他心中有鬼，索性直接說道：「你不過來我們家幾日，竟能喝起那樣的好茶！銀子從哪裡來？是從哪裡拿的，還是偷了東西出去變賣了？」

難怪杜氏一來就掀開茶壺若有所指，卻原來是懷了這番心思，先誣衊他是賊，藉此將他趕出去？

「夫人無憑無據說我是賊，未免有血口噴人之嫌。」

沈占康穩穩坐著，如果林成川最後也信他偷東西而將他趕出去，他也沒什麼好說的，這樣的門戶也沒什麼好留戀，只是可惜了凝洛，那樣冰雪聰明、為人通透的姑娘，竟生於這樣的家庭中。

「先生既然敬酒不吃吃罰酒，那別怪我不客氣了！」杜氏說著也發了狠。「來人！給我搜，看看這個賊偷了咱家的什麼！」

沈占康還沒來得及詫異杜氏連一點體面也不留給彼此，就聽門一把被推開了。

「誰是賊？」隨著一聲質問，進門來者卻是林成川。

杜氏一愣，她明明讓那兩個小廝守在外面聽她吩咐，怎麼倒是林成川進來了。

「老爺！」杜氏忙站起身向林成川施了一禮。

沈占康也站起來向林成川一拱手。「林老爺！」

「先生快坐！」林成川仍然對沈占康很客氣。

「我過來問問先生在咱們家可住得慣，」杜氏走上前攙住林成川，將他帶到自己先前坐的那把椅子。「誰知道，竟發現先生喝的茶是雀舌！」

看林成川在那椅子上坐下來，杜氏心想這樣也好，當著林成川的面捉賊，還省得她在中間傳話了。

「先生坐！」林成川再次向沈占康說道。

沈占康見林成川已入了座，自己也不再推辭。

「那可是上等的雀舌！」杜氏鄭重其事地強調。「他才到咱們家來，連束脩都未給過一次，哪裡有錢買那樣的好茶？可見是個手腳不乾淨的……」

「住嘴！」林成川怒喝一聲，嚇得杜氏險些腳下不穩。

「出塵讀書的事，妳何曾操過半點心？」林成川指著杜氏斥道：「如今我們好不容易請了一位真正有學問的人來，妳又跑出來紅口白牙地誣衊人家是賊，妳算個什麼東西！」

杜氏一聽林成川這樣說不由有些慌神。「老爺說的這是什麼話？我還不是為了咱們家著想？若是現在不管不顧，不等出塵學出個樣子，咱們家就要被人搬空了呀！」

「妳給我閉嘴！」林成川惡狠狠地向杜氏吼道。

杜氏一愣，繼而一面掩面嚎哭，一面從衣服上解下帕子遮住口鼻。「十幾年的夫妻，你竟然為了一個外人這樣對我！」

林成川直看著杜氏皺眉，又忙轉向沈占康。「先生莫怪！」

杜氏見林成川對沈占康仍是恭敬，不由停下嚎哭，氣道：「老爺莫要識人不清，這窮秀才怎麼可能喝得起雀舌！」

「難道就不能有人送先生雀舌？」林成川忍不住向杜氏又吼了一聲，從他進屋起就一直讓杜氏不要說了，這婦人怎麼就聽不懂呢？

「送？」杜氏愣了一下，繼而又反應過來。「怎麼可能有人送那樣好的茶給他？一個窮秀才，無權無勢的，送好東西給他豈不是糟蹋了？」

她一心認為沈占康是賊，因此說話也不再保留，反正都直呼對方是賊了，也不在乎這最後的一點臉面。

就算林成川讓她閉嘴，又說茶可能是送的，在她看來都是在為沈占康開脫，畢竟沈占康是林成川請來的，他在認清事實之前為他開脫也能理解。

林成川被杜氏的一番話氣得臉都成了豬肝色，一時只覺得丟人至極，指著杜氏半天說不出話來。「妳……妳個……」

沈占康心中仍感激林成川的維護，眼見林成川氣急，他忙向林成川道：「老爺息怒，身子要緊！」

杜氏只當沈占康假惺惺，又想開口說什麼。

林成川卻逼著自己快點緩過勁來，生怕杜氏再說出什麼難聽的話。「是凝洛，凝洛買了一點雀舌拿去孝敬我，我說這茶不錯讓她也送給先生一些嚐嚐……」

「妳！」林成川又指向杜氏。「妳說說妳，不分青紅皂白就往先生身上潑髒水，妳讓我……還不快向先生道歉！」

杜氏聞言只剩瞠目結舌，她是捉賊來的，沒想到林成川竟然知道這事的內情。

「愣著幹什麼？」林成川又向杜氏呵斥一聲。「向先生道歉！」

沈占康少不得要說句話。「不必了，不過是誤會一場。」

杜氏卻不領他的情，轉向沈占康不情不願地說了一句。「是我搞錯了！」

她將話說得極快，又不正眼看沈占康，看得林成川又氣起來。

「妳便是這樣道歉？」林成川覺得杜氏方才的話說得未免太難聽，莫說沈占康這樣的傲骨文人，連他也忍不了這般侮辱，若是杜氏不好好道歉，他哪裡肯依？

杜氏又氣又羞，索性哭了起來，倒讓沈占康覺得十分不好意思。「不過是場誤會，就這麼算了吧！」

林成川看杜氏那個樣子也不好再逼她，只向她惱道：「在這裡哭哭啼啼像什麼話，還不快走！」

一時之間，杜氏真是丟人至極，底下僕從看著她那個樣子，也都低著頭，不敢多說什麼。

杜氏臉紅耳赤，低著頭狼狽地走了。

林成川只好再次向沈占康拱手。「慚愧，慚愧！」

杜氏在門外，聽得自己夫君對沈占康致歉，心裡更加愧疚。都怪自己見獵心喜就匆促行事，非但沒讓凝洛難堪，還弄得自己一身腥，只恨不得一頭撞死在那裡才好。

聽完白露的講述，凝洛冷笑一聲。「捉賊？虧她也想得出來！」

「還是姑娘想得周到，注意著先生那邊的動靜。」白露對凝洛的安排心服口服。「姑娘不知道太太那臉色，真是比豬肝都難看，還有今天老爺惱得那勁兒，真是氣急了太太的。」

凝洛笑了下，側身躺了下來。「不早了，妳也去睡吧！」

白露將床帳輕輕放了下來，然後吹熄房中的幾盞燈，才輕手輕腳地走到外間去。

第十五章　陸家請帖

這一日，杜氏正在臺階前看看最近的帳簿，看著間自然是諸多抱怨，又是最近進項太少，花用太多，又說自己添補了不知道多少去。

正說著，春分過來了，手裡拿著個東西道：「方才我從外面回來，撞見一個人正跟門房說話，說陸家姑娘送了一封帖子給咱們家大姑娘。」

杜氏聞言不由看過去。「當真？可有二姑娘的帖子？」

要知道如今杜氏所做的一切，都是為了林家在京城的地位高那麼一點，好讓凝月尋到一門好親事，那凝月所結交的人絕不能是貧賤低下的人家。如今既有凝洛的帖子，怎麼可能沒有她家凝月！

春分卻搖了搖頭。「我見那人只拿了一封帖子。」

「許是一封帖子寫給她們二人的也說不定。」杜氏自語道。

畢竟與陸家勾上關係的是她和凝月，從前凝月和陸寧也有往來，沒道理那陸寧請了凝洛就不請凝月。

「立春，」杜氏轉過頭。「妳親自去告訴月兒，讓她去芙蕖院找凝洛看看帖子。」

畢竟，在杜氏看來，就算陸寧一張帖子請了兩個人，凝洛也很有可能不告訴凝月。

稍後，凝月得了消息，急匆匆地往芙蕖院趕，好不容易趕到了，卻撞見凝洛帶著丫鬟要出門。

「妳是來找我嗎？」凝月猜測凝洛是要通知她陸寧送帖子來的事，心道，凝洛到底還算厚道。

凝洛對於凝月的不請自來倒不意外，只是對她說的那句話不解，看凝月自顧自地往房中走，也只好返身回去。

「我找妳做什麼？」

凝月已經不客氣地在椅子上坐下來，聽到凝洛反問，驚訝道：「妳不是去給我送帖子？」

凝洛不由覺得好笑。「我給妳送什麼帖子？」

凝月眉毛一豎。「怎麼？妳還想故意瞞著我？」

凝洛懶得與她浪費口舌，也不入座，只站著向凝月說道：「什麼事麻煩妳說清楚點，我還有事要出去。」

凝月見凝洛這般，更覺得是凝洛故意不給她知道帖子的事，心虛躲著她。

「把陸寧的帖子拿來！」凝月猛地站起身，手就伸到凝洛面前。

凝洛看了看幾乎伸到自己鼻端的手，不無嘲諷地說道：「怎麼，我這裡的事，妳轉眼間就知道了？」

這話說得真是話中有話，凝月先是一愣，手也跟著放下來，忙笑道：「是有人剛好撞見了，聽說了帖子的事，妳不要血口噴人！」

凝洛微微一笑。

「在血口噴人方面，我是要甘拜在妳和母親的下風啊！」

凝月一心想著那帖子，也不管凝洛如何說，再度伸出手來。「別廢話了，帖子拿來！」

凝洛輕蔑一笑，也不去看凝月，只向白露使了個眼色，白露便會意去臥房找那帖子。

「看完帖子就走，我真的還有事。」凝洛看著凝月，很誠懇地下逐客令。

白露已拿著帖子走出來，剛走到二人面前，凝月便一把奪過。

「不用妳說！」凝月說著，打開帖子，從頭看到尾，臉色越來越難看。

確實是陸寧的帖子，邀凝洛端午的時候去寺廟吃齋小住一日，自始至終沒有提到凝月的名字。

凝月垂下手臂，臉脹得如豬肝一樣。「這帖子……是假的吧？」

「假的？」凝洛故意反問。「那端午節之約，我是不是也不用去了？」

凝月見凝洛故意曲解她的意思，更是氣得心口發疼，抖著帖子向凝洛嚷道：「陸寧怎麼可能只請妳而忘了我？這必定是妳故意不讓我赴約而造假的帖子！」

「妹妹還真是高看我了！」

凝洛嘲笑道，然後轉身。「我真的要出去了。」

凝月卻一步跨到凝洛面前伸手攔住。「妳對我懷恨在心，造個假帖子又算什麼！」

「懷恨在心？偽造帖子？」凝洛不由得笑了。「妹妹，瞧妳說的，妳當這帖子是什麼，可以隨便偽造？這是人家陸府出來的帖子，我有幾個膽子去偽造？我看是不是天氣太熱，把妹妹給熱糊塗了？去廚房煮一碗養心湯好不好？」

凝月氣得說不出話來，她方才只是不肯面對陸寧沒有邀請她的事實，所以才說那帖子是凝洛造假，而凝洛那副無辜的神情更是激怒了她。

她揚起手中的帖子朝凝洛面上砸過去，還好白露眼疾手快，擋在凝洛面前接住了。

「二姑娘，」白露也氣憤起來。「自從您進了咱們芙蕖院，姑娘本來要出門的，也跟著您回來了；您要看帖子，姑娘也拿出來給您看了。如今您竟然還要打人，天下哪有這樣的道理？」

凝月心中不順，怒瞪著白露道：「沒有妳這個下人說話的分兒！」

說完，凝月抬起手就要往白露臉上招呼，凝洛忙將白露拉到一旁。

凝月落了空更加惱，揚起手就要再打。

凝洛忍不住喝道：「住手！」

凝月冷不防被嚇到，她還不曾聽凝洛那麼大聲講話，一時竟真的愣在那裡。

「凝月，」凝洛蹙著眉面向凝月。「妳心裡還有沒有一點規矩？還有沒有一點長幼之禮？」

凝月聽完倒反應了過來，嘴硬道：「別說得那麼冠冕堂皇！」

「不願意聽妳可以走了，」凝洛冷笑。「我要鎖門出去了。」

凝月也著實想要去找杜氏，氣哼哼地瞪了凝洛一眼，這才甩著臉走了。

凝洛是要去慧心院找宋姨娘。

既是陸寧端午相約，她想送陸寧一個應景的小玩意兒，送人那自然要做得精巧一些，所以她才想到找宋姨娘幫忙。

五彩絲倒是很快就編好了幾條，那香包卻是要花點心思。

「姑娘如今總算也有交遊，不必成日悶在家中了！」宋姨娘一面低頭描著花樣一面笑道。

「我從前也沒想到。」凝洛淺笑著回道。她確實想不到，前世視她如草芥的陸寧，竟會在這輩子主動約她出遊。和一個前世那樣對她的人成為朋友，這種感覺還真是有點奇怪。

「不過姑娘也不必事事遷就那陸家姑娘，」宋姨娘不放心地囑咐。「雖然那陸家比咱們門第高，家裡比咱們富貴，可既是朋友就該平起平坐，姑娘萬萬不可低看自己。」

凝洛聽她能對自己說出這種體己話很是感動，點頭笑道：「謝姨娘提點，我記住了。」

她這麼一答倒讓宋姨娘不好意思了，手上的動作也停了停，才有些拘束地說道：「是我多嘴了，姑娘哪能不知道這些！」

凝洛不忍看她這樣，繼續笑道：「不是的，凝洛到底年紀還小，從小又沒了娘，能有姨娘跟凝洛說這話，是凝洛的福分。」

宋姨娘也不過比凝洛大十多歲，聽了這話，除了有些惶恐還有些心酸。「姑娘雖生在這樣不愁衣食的人家，卻也是個可憐的。」

凝洛被她的語氣所觸動，眼圈竟不覺一熱，心中又不想展現自己的脆弱，忙眨眨眼睛將眼淚逼回去了。

宋姨娘只當沒看到凝洛差點濕了的眼眶，又低下頭拿起針線道：「其實我也不懂什麼大道理，就是覺得姑娘可不要像我一般，我只是個做妾的，平日沒那說話的分，時候長了，也沒人拿著當回事了……」

凝洛知道宋姨娘必定也沒少在杜氏那裡受委屈，只是一貫軟弱下來根本不知如何反抗罷了。

凝洛沈吟片刻，溫聲道：「姨娘，其實平日處事，姨娘也不必太過看輕了自己，畢竟——」她略一停頓，卻是道：「畢竟以後家裡還是得指望出塵的。」

宋姨娘再不濟，也生了個兒子，這就是本錢。

到了五月節那日，杜氏早早就派人來請凝洛，說是讓凝洛過去用早飯。

凝洛知道必定與陸寧的邀約有關，卻也只能去了。

凝月果然也在杜氏房裡，杜氏見凝洛前來，倒是笑得很慈祥的樣子。「快過來用飯吧，已經放得不燙了，剛好入口。」

凝洛向桌上掃了一眼，各式麵點小菜擺了一桌，想來是杜氏要向她提什麼要求。

看凝洛道過謝坐下，杜氏又忙招呼著她拿起筷子吃，還殷勤地挾了一顆水晶餃子放到凝洛面前的碟子裡。

凝月則在一旁跟誰欠了她三百吊錢似的，一臉不快地拿勺子攪著粥。

「出門的馬車我已讓人備好了，」杜氏向凝洛笑道：「車上也備了些吃食被褥衣物，山裡夜涼，那寺廟中的鋪蓋未必有家中的舒服。」

「讓母親費心了。」凝洛淡淡地答道。

「我想著，」杜氏看了凝月一眼，才繼續道：「妳這一個人出去兩天我也不放心，倒不如讓妳妹妹陪著妳，妳倆做個伴，也互相有個照應。」

凝月本就因為那請帖上沒有她的名字而覺得沒臉，那日在芙蕖院發了一頓瘋，現在倒要再求凝洛帶她一起去，她心裡嘔得不行。

偏偏杜氏又在桌底碰了碰她，示意她也說些什麼，她就更覺難堪了。

「姊姊便帶我一起吧，人多熱鬧些嘛！」凝月忍著不快，勉強向凝洛擠了個笑容。

凝洛不覺得和凝月一起會互相照應，熱鬧倒可能是熱鬧，誰知是哪種熱鬧呢？不過……

凝洛淡淡地掃了一眼凝月。

陸寧特地不請她，她心裡就沒點數？既然執意要去，也是可以。她是找虐還沒找夠，想繼續丟人現眼嗎？那她就成全她。

杜氏和凝月看凝洛答應，不知道凝洛心裡打算，自然是高興，喜孜孜地上了車。

凝洛都懶得搭理凝月，索性一路閉目養神，也不與凝月交談。

待到總算走到廟宇前，凝洛睜開眼睛都覺得有些難以適應那光線了。

陸寧早就聽小沙彌說有馬車上山了，因此早早就等在山門外，看凝洛被丫鬟扶著下馬車，陸寧笑著迎上前。「我想著每年都在城中過端午，人擠人去看龍舟也沒意思，不如這山中清靜又涼爽些。」

陸寧說著上前拉住凝洛便要轉身，誰知馬車裡又傳出一個聲音來。「陸姑娘！」

陸寧轉頭，見凝月也正扶著丫鬟下車，下意識地看了凝洛一眼，凝洛只朝她無奈地搖搖頭。

打算約個朋友來寺廟的時候，陸寧第一個就想到凝洛，其他那些姊妹太鬧騰，總覺得跟這種清靜之地不搭邊，她把凝洛請上山，打算吃齋喝茶、談詩詞，一定會過得別有一番滋味。

下帖子的時候，陸寧也想到同樣在林家的凝月，只是想到凝月在老太太壽宴那日表現出的小家子氣，就一點也不願意見到她了，誰知竟躲不開。

「陸姑娘，多日不見，妳氣色越發好了。」凝月很熱絡地上前。「母親還讓我問候老夫人呢！」

陸寧卻只是神色冷清地點點頭，只朝凝洛道：「住持已經命人打掃好客房，我帶妳去看看吧！」

凝月自然不甘被無視，仍厚著臉皮上前。「陸姑娘怎麼來得這樣早？」

陸寧見凝月黏在身旁，冷冷地看了她一眼，又轉頭向凝洛問道：「凝洛，妳會不會誇一個小孩子氣色好？」

凝洛抿嘴一笑，知道陸寧是惱了凝月那句說她氣色好的話，卻不由被陸寧使小性子的樣子給逗樂了。

陸寧見狀越發噘起嘴。「我常聽人們誇我們家老太太氣色好，不想有一天這誇獎竟落到了我頭上！」

凝月總算聽出端倪，口中忙慌亂的解釋。「不是的！陸姑娘，我是看妳……臉色紅潤、精神飽滿，這才有了這麼一說，是我用錯了詞，沒有別的意思！」

陸寧卻是不依。「難道我一個十幾歲的姑娘，不應該『臉色紅潤』、『精神飽滿』？」

凝月被她說得無言以對，只得另闢蹊徑。「難道妳我之間還計較這些言語上的小事？」

陸寧難以置信地看了凝月一眼，她是跟凝月有了一段時日的來往，還互送過東西，可在她看來，她從來沒跟凝月交過心，彼此頂多算是認識，怎麼到了凝月嘴裡就好像兩個人很熟的樣子？

分好了客房，陸寧忍不住到凝洛房裡抱怨。「妳那妹妹還真是……臉皮夠厚。」

凝洛笑了笑，將她和宋姨娘一起做的五彩絲和香包拿出來。「妳若想這兩日過得高興，便只能當她不存在了。」

陸寧見凝洛遞給她東西，忙伸手接了過來。「給我的？」

「過節呢，應個景兒吧！」

「該不會是妳親手做的吧？我可不信啊！」陸寧將香包在鼻尖輕嗅了一下，又伸出一隻手將五彩絲遞給凝洛。

凝洛會意，接過來幫陸寧繫在腕上。「我家姨娘做的，我打了個下手。」

陸寧拿著香包忍不住誇讚。「姨娘真是蕙質蘭心。」

「妳的呢？我幫妳也繫上。」陸寧誇完又向凝洛問道。

凝月正找陸寧找到凝洛這裡，在門口看著她們二人互相給對方手腕上繫五彩絲，心裡只覺又酸又澀。

「陸寧！」凝月努力擺出笑臉，大著膽子叫陸寧的名字。「我帶了東西給妳。」

陸寧轉回頭，見凝月笑意盈盈地走進來，口中道：「知道妳愛吃聚賢樓的桂花鴨，昨兒個我就去請那裡的廚子今早趕出一隻來，待會兒熱上一下，味道應該不會差太多。」

凝洛在陸寧身旁看了一眼凝月，不由心中冷笑，她前世怎麼沒發現這個妹妹蠢到這種地步呢？

果然，陸寧臉色一沈。「妳將桂花鴨帶到寺廟來了？」

凝月根本沒察覺到陸寧的臉色，笑著應道：「是呀！我……」

話起了個頭便戛然而止，她總算明白事情哪裡不對勁了，之前她只想著要討陸寧歡喜，想著那聚賢樓的桂花鴨每天只做限量的幾隻，若是不提前打招呼根本買不到，何況她又是要一早去取，自然沒少給廚子塞銀子。

雖然桂花鴨並不是端午節的應景食物，但也不是不能吃，山中想來食材缺乏，飯菜難以稱心如意，所以凝月才費盡心思帶了一隻桂花鴨上山。她全然忘了，自己來的是寺廟，是吃齋念佛的清淨之地。

看著陸寧向她怒目而視，她慌忙解釋。「不是！……沒有！我沒有帶到寺廟……我……我待會兒讓人悄悄扔出去吧！」

「我真想把妳也扔出去！」陸寧忍不住將心裡話說出來。

凝洛在陸寧臉上又看到嫌棄的神情，和她印象中合二為一，差點讓她懷疑自己又回到了前世，這才是她熟悉的那個陸寧。

可再看到臉色脹得通紅的凝月，凝洛總算回過神來，卻向著凝月冷冷一笑。「只是可惜了妹妹的一片心。」

——未完，待續，請看文創風806《良宸吉嫁》2

2019年11月出版

財神嬌娘

文創風 799～801

她是名震村里的母老虎，男子見了無不退避三舍，
這人哪來的勇氣，居然視她為天菜，還想娶回家?!

緣投意合 歡喜成雙／雨鴉

說到魚泉村最有名的大齡姑娘，非天生神力的何嬌杏莫屬——
貌美如花卻性比夜叉，動手不動口兼力大無窮，娶了她可是夫綱不振！
唉，除了穿越帶來的神力，其他的全是誤會呀，被惡棍調戲能不還手嗎？
卻因此揹上惡名嫁不出去，幸好家人疼愛有加，才讓她悠哉過著鄉下小日子。
孰料在媒婆牽線下，隔壁村的農家子程家興竟對她一見傾心，吵著訂親，
更令人驚訝的是，只愛打獵不愛種田、有如地痞的他，遇見她後脫胎換骨，
不但對她的好廚藝讚不絕口，還發揮生意頭腦，樂陶陶地與她合作，
帶著親朋好友勤奮叫賣，把熱騰騰的吃食換成亮晶晶的銅錢和銀兩。
難道懶漢純屬偽裝，他根本是被農活耽誤的經商天才？不好好利用怎麼行！
他喚醒了她前世經營餐館的商人魂啊，好隊友一起努力，咱們向錢衝吧～～

為流浪貓狗加油 和貓寶貝 狗寶貝 廝守終生(一定要終生喔！)的幸福機會

對人來說，貓寶貝狗寶貝只是生活的一部分，但妳（你）對牠們來說，卻是生活的全部，領養前請一定要考慮清楚——

▲ 能作伴一生的好狗狗　小尾

性　　別：女生
品　　種：米克斯
年　　紀：約莫於2017年年尾生
特　　徵：中小型犬，蛋黃色毛色，尾巴有一搓白毛，有一垂耳、一立耳
個　　性：喜歡跟著人趴趴走、安靜乖巧、親人親狗
健康狀況：已結紮，已打預防針

『小尾』的故事：

當大夥兒都期待著從106年邁向107年的跨年期間，在大雨滂沱的天氣裡，有一群小朋友正努力地拯救一群小小狗。

四隻小小狗兒們窩在樹洞內，洞口狹小且深，很難由成人救援出來，於是由還在就讀幼稚園的孩子們攜手合作，依序將狗兒們抱出，並交由中途做後續的安置及照料。

沒想到在一週後，有一位鄰居太太受中途所託，將一隻母狗、五隻小狗誘捕，經追蹤之後發現，原來前面救援的四隻小小狗，也是這狗媽媽的孩子，而這一家子後來被稱為「樹洞家族」，小尾就是其中的一員。

中途表示，小尾的特別之處在於尾巴有一搓白毛，好似小狐狸一樣，十分可愛；另外，小尾親人、親狗，很喜歡默默地坐在一旁陪伴，也喜歡將頭頂著人的手，示意要討摸摸。

安靜、乖巧的小尾很有靈性，非常適合做家庭的陪伴犬，歡迎有意者私訊臉書專頁：狗狗山-Gougoushan，將小尾領養回家作伴。

認養資格及注意事項：

1. 認養者須年滿23歲，有穩定經濟能力，並獲得全家人的同意。
2. 須同意簽認養寵物切結書，並讓中途瞭解小尾以後的生活環境。
3. 同意送養人日後之追蹤探訪，對待小尾不離不棄。
4. 同意讓小尾絕育，且不可長期關、綁著小尾，亦不可隨意放養。
5. 為讓中途對您有更深入的瞭解，中途會先有份線上問卷請您填寫。

來信請說明：

a. 個人基本資料：姓名、性別、年齡、家庭狀況、職業與經濟來源等。
b. 想認養小尾的理由。
c. 過去養寵物的經驗，及簡介一下您的飼養環境。
d. 若未來有結婚、懷孕、出國或搬家等計劃，將如何安置小尾？

文創風 805

良宸吉嫁 1

國家圖書館出版品預行編目資料

良宸吉嫁 / 葉沫沫著. --
初版. -- 臺北市 : 狗屋, 2019.12
冊 ; 公分. -- (文創風)
ISBN 978-986-509-062-3 (第1冊 : 平裝). --

857.7 108018110

著作者	葉沫沫
編輯	黃鈺菁
校對	周貝桂
發行所	狗屋出版社有限公司
地址	台北市104中山區龍江路71巷15號1樓
電話	02-2776-5889～0
發行字號	局版台業字845號
法律顧問	蕭雄淋律師
總經銷	知遠文化事業有限公司
電話	02-2664-8800
初版	2019年12月
國際書碼	ISBN-13 978-986-509-062-3

本著作物由北京晉江原創網絡科技有限公司授權出版

定價250元
狗屋劃撥帳號：19001626
網址：love.doghouse.com.tw E-mail：love@doghouse.com.tw